Diogenes Taschenbuch 23343

de
te
be

Muriel Spark

Frau Dr. Wolfs Methode

Roman

Aus dem Englischen von Hans-Christian Oeser

Diogenes

Titel der 2000 bei Viking,
London, erschienenen Originalausgabe:
›Aiding and Abetting‹

Die deutsche Erstausgabe
erschien 2001 im Diogenes Verlag
Umschlagillustration:
René Magritte, ›Bildnis von Stéphy Langui‹, 1961

Veröffentlicht als Diogenes Taschenbuch, 2003

www.diogenes.ch
60/03/8/1
ISBN 3 257 23343 4

Vorbemerkung

Wie alle Geschichten, die mit Lord Lucan, dem siebenten Earl of Lucan, zu tun haben, beruht auch die folgende auf bloßen Mutmaßungen.

Seit seine Frau in der Nacht des 7. November 1974 mit schweren Kopfverletzungen ins Krankenhaus eingeliefert wurde und man in seinem Haus den in einen Postsack gestopften zerschundenen Leichnam des Kindermädchens entdeckte, ist der siebente Earl verschollen. Er hinterließ zwei doppelsinnige Briefe.

Seitdem wurde er gesucht wegen Mordes und versuchten Mordes, deren ihn die Geschworenen des Untersuchungsgerichts für schuldig befunden hatten. Er hat sich nie gestellt, um sich vor einem Strafgericht zu verantworten.

Obwohl der siebente Earl in zahlreichen Weltgegenden, namentlich in Zentralafrika, »gesichtet« und sein Leichnam bis heute nicht aufgefunden worden ist, wurde er 1999 von Amts wegen für tot erklärt. Die Geschichte seines heimlichen Umherirrens, wohl über Jahre hinweg, das bedrückende Leben, das er seit seinem Verschwinden geführt haben muß, bleibt ein Rätsel und dürfte sich, daran habe ich keinen Zweifel, von der Geschichte, wie ich sie hier erzähle, gehörig unterscheiden – sowohl den Tatsachen wie der Atmosphäre nach. Was wir von seinen Freunden, von

Fotos und aus Unterlagen der Polizei über »Lucky« Lucan wissen - seine Worte, seine Gewohnheiten, seine Haltung den Mitmenschen und dem Leben gegenüber - habe ich schöpferisch weiterverarbeitet und zu meiner eigenen Geschichte umgestaltet.

Die Parallelgeschichte einer angeblich Stigmatisierten beruht ebenfalls auf Tatsachen.

M. S.

I

Die Sprechstundenhilfe wirkte winziger denn je, als sie den hochgewachsenen Engländer in den Behandlungsraum von Dr. Hildegard Wolf führte, der Psychiaterin, die – über Prag, Dresden, Ávila, Marseille und London – aus Bayern gekommen war und sich nunmehr in Paris niedergelassen hatte.

»Ich wollte Sie konsultieren«, sagte er, »weil ich keinen inneren Frieden mehr kenne. Vor fünfundzwanzig Jahren habe ich meine Seele dem Teufel verkauft.« Der Engländer sprach Französisch mit einem sehr fremdländischen Akzent.

»Würden Sie sich ungezwungener fühlen, wenn wir Englisch sprächen?« fragte sie. »Seit meiner Studienzeit beherrsche ich die Sprache einigermaßen.«

»Sehr viel ungezwungener«, antwortete er, »obwohl es die Wirklichkeit in gewissem Sinne noch quälender macht. Was ich Ihnen zu erzählen habe, ist eine englische Geschichte.«

Dr. Wolf hatte ihre Behandlungsmethoden selbst entwickelt. Mit ihrer Hilfe war sie die wohl erfolgreichste Psychiaterin in Paris geworden, zumindest die gefragteste. Bereits versuchte man, sie nachzuahmen; doch die sich damit abmühten, scheiterten im allgemeinen. Die Methode allein reichte nicht. Es brauchte auch ihre Persönlichkeit.

Während der ersten drei Sitzungen sprach sie meistens von sich und berührte die Probleme ihrer Patienten nur flüchtig; dann erst zog sie sie allmählich, auf eine nachgerade lässige Art, in ein Gespräch hinein. Einige Patienten waren so verärgert, daß sie nach der ersten, spätestens aber nach der zweiten Sitzung, die auf diese Weise durchgeführt wurde, nicht mehr wiederkamen. Andere protestierten: »Wollen Sie denn von *meinen* Problemen gar nichts wissen?«

»Offen gestanden, eigentlich nicht.«

Viele waren fasziniert und kehrten in ihr Sprechzimmer zurück; diese waren es, so wurde weithin behauptet, die ihren gerechten Lohn empfingen. Inzwischen war ihre Methode berühmt und wurde sogar an den Hochschulen gelehrt. Die Wolfsche Methode.

»Ich habe meine Seele dem Teufel verkauft.«

»Einmal in meinem Leben«, sagte sie, »hatte auch ich die Gelegenheit dazu. Nur wurde mir nicht genügend geboten. Ich will Ihnen davon erzählen...«

Er hatte schon gehört, daß sie genau so reagieren würde. Der Freund, der sie ihm empfohlen hatte, ein Priester, der in einer schwierigen Phase seines Lebens durch ihre Hände gegangen war, hatte ihm gesagt: »Sie hat mir geraten, nicht zu beten. Sie hat mir geraten, den Mund zu halten und zuzuhören. Lesen Sie das Evangelium, sagte sie. Jesus betet zu Ihnen um Mitgefühl. Sie müssen seinen Standpunkt verstehen – was er alles durchgemacht hat. Hören Sie zu, sprechen Sie nicht. Lesen Sie die Bibel. Nehmen Sie alles in sich auf. Gott spricht, nicht Sie.«

Ihr neuer Patient saß unbeweglich da und hörte zu. Er

schwelgte darin, soviel Geld auf einmal auszugeben – etwas, was noch vor drei Wochen undenkbar gewesen wäre. Seit ihn, vor fünfundzwanzig Jahren, in England eine Katastrophe ereilt hatte, war er auf der Flucht und mußte sich verstecken, seinen Freunden, seinen vielen Freunden zu fragwürdigem Dank verpflichtet. Auch wenn deren Zahl schmolz, spielten sie noch immer den Part des Wohltäters. Vor drei Wochen hatte sich sein Spitzname »Lucky« bewahrheitet. Er hatte wirklich Glück. Er hatte entdeckt, daß nach dem Tode eines seiner wichtigsten Helfershelfer Geld auf ihn wartete. Es war in einem Safe verschlossen und harrte nur darauf, daß er auftauchte. Jetzt konnte er es sich leisten, ein Gewissen zu haben. Jetzt konnte er in Muße eine der teuersten und renommiertesten Psychiaterinnen in Paris konsultieren. »Du mußt ihr zuhören, zunächst einmal bringt sie dich dazu, ihr zuzuhören«, hatten sie gesagt – »sie«, das waren mindestens vier Leute. Wohlig saß er in seinen eleganten Kleidern da und hörte ihr zu. Er saß in einem Ledersessel vor ihrem Schreibtisch; er lümmelte sich geradezu. Seltsam, wie viele Menschen früher den Eindruck gehabt hatten, er habe das Geld bereits abgeholt, das ihm auf einem Sonderkonto hinterlassen worden war. Von dessen Vorhandensein hatte selbst die Frau seines Wohltäters nichts geahnt.

Er hätte irgendwer sein können. Doch sie sorgte dafür, daß ihm das Geld ohne weiteres ausgehändigt wurde. Sein Name war »Lucky«, und wahrhaftig – er war ein Glückspilz.

Aber Geld hielt nicht ewig vor. Er spielte gern.

Frau Dr. Wolfs Sprechzimmer hatte Doppelfenster, so

daß von dem Verkehrslärm auf dem Boulevard St.-Germain nur ein angenehmes Summen hereindrang.

»Ich weiß nicht, wie es Ihnen vorkommt«, sagte Hildegard (Dr. Wolf) zu ihrem Patienten. »Aber für mich hat es mit Mord zu tun, wenn jemand seine Seele dem Teufel verkauft. Alles andere ist des Handels nicht würdig. Man kann seine Seele einer ganzen Reihe von Agenten verkaufen, aber dem Teufel – da muß Mord oder ähnliches im Spiel sein. Mein Fall liegt viele Jahre zurück, ich behandelte einen Patienten, der psychisch von mir abhängig wurde. Ein junger Mann, nicht sehr nett. Sein Problem war ein Hang zum Selbstmord. Man war versucht, ihn in seiner Neigung zu bestärken. Er war niederträchtig, einfach grobschlächtig. Sein Vermögen war enorm. Sein nächster Anverwandter, ein Cousin, bot mir einen Geldbetrag an, wenn ich diesen furchtbaren jungen Mann über den Jordan beförderte. Tat ich aber nicht. Ich spürte, wie geizig der Cousin war, und zweifelte daran, ob er sich wirklich von dem Geld getrennt hätte, wenn mein Patient erst einmal tot war. Ich weigerte mich. Wäre mir eine wesentlich höhere Summe geboten worden, vielleicht hätte ich dann einen Pakt mit dem Teufel geschlossen. Wer weiß? So wie die Sache stand, sagte ich nein, ich würde den furchtbaren jungen Mann nicht drängen, sich das Leben zu nehmen. Ja, ich ermutigte ihn sogar dazu weiterzuleben. Aber jedes andere Verhalten hätte, glaube ich, unweigerlich zu seinem Tod geführt, und ich hätte mich des Mordes schuldig gemacht.«

»Hat er sich denn nun das Leben genommen?«

»Nein, er lebt noch.«

Der Engländer musterte Hildegard durchdringend, als wolle er ihre wahren Gedanken lesen. Vielleicht fragte er sich, ob sie etwa durchblicken lassen wollte, daß sie seine Geschichte anzweifelte. Inzwischen wünschte er sich aus ihrem Sprechzimmer fort. Darum gebeten, hatte er für seine erste Sitzung bezahlt, ein völlig überhöhtes Honorar, wie er fand, fünfzehnhundert Dollar für eine Dreiviertelstunde. Aber sie redete weiter. Er saß da und hörte zu, eine große, prall gefüllte lederne Aktentasche zu seinen Füßen.

Während der restlichen Sitzung erzählte sie ihm, sie lebe nun schon seit mehr als zwölf Jahren in Paris und finde, die Stadt sei ihrer Lebensweise und ihrer Arbeit zuträglich. Sie habe zahlreiche Freunde im Bereich der Medizin, Musik, Religion und Kunst, und obwohl sie schon längst in den Vierzigern sei, könne es durchaus sein, daß sie noch heiraten werde. »Aber meinen Beruf würde ich niemals aufgeben«, sagte sie. »Den liebe ich wirklich!«

Die Sitzung war zu Ende, und sie hatte nicht eine einzige Frage zu seiner Person gestellt. Sie erachtete es als selbstverständlich, daß er die Behandlung bei ihr fortsetzen würde, schüttelte ihm die Hand und trug ihm auf, sich von der Sprechstundenhilfe einen Termin geben zu lassen. Was er denn auch tat.

Erst gegen Ende des Monats stellte ihm Hildegard ihre erste Frage.

»Und was kann ich für *Sie* tun?« erkundigte sie sich, als störe er sie bei der Arbeit.

Er maß sie mit einem hochmütigen Blick. »Zunächst einmal«, sagte er, »muß ich Ihnen mitteilen, daß ich wegen Mordes und versuchten Mordes von der Polizei gesucht werde. Seit über zwanzig Jahren wird nach mir gefahndet. Ich bin der als vermißt gemeldete Lord Lucan.«

Als Hildegard das hörte, wäre sie beinahe aufgesprungen. Behandelte sie doch gerade einen anderen Patienten, der mit einiger Überzeugungskraft behauptete, der lange vermißte Lord zu sein. Sie argwöhnte eine Komplizenschaft.

»Ich nehme an«, sagte der Mann, der augenblicklich in ihrem Sprechzimmer saß, »Sie kennen meine Geschichte.« Und ob sie seine Geschichte kannte! Sie kannte sie so gründlich wie nur irgendeiner, mit Ausnahme der Polizei, die gewisse Geheimnisse selbstredend für sich behielt.

Hildegard hatte Bücher gesammelt und sich Zeitungsausschnitte beschafft, die von 1974, als der Skandal losbrach, bis zum gegenwärtigen Zeitpunkt datierten. Es war eine Geschichte, die immer wieder Schlagzeilen machte. Der Mann vor ihr, etwa fünfundsechzig Jahre alt, sah dem letzten Phantombild der Polizei von Lord Lucan sehr ähnlich, doch auf seine Weise tat das der andere Patient auch.

Der Mann, der vor ihr saß, hatte nach seiner Aktentasche gegriffen. »Die Geschichte befindet sich hier drinnen«, sagte er und klopfte auf die prall gefüllte Tasche.

»Schießen Sie los«, sagte sie.

Ja, in der Tat, wir alle wollen es noch einmal hören. Wer damals zu jung war oder noch gar nicht geboren, sollte es ebenfalls zu Gehör bekommen. Jener Lord Lucan, von dem diese Geschichte handelt, war der siebente Earl of Lucan. Geboren wurde er am 18. Dezember 1934. In der Nacht des 7. November 1974 entschwand er aus dem Blickfeld seiner Familie und der meisten seiner Freunde. Er stand unter dem Verdacht, die Nanny seiner Kinder ermordet und einen Mordversuch an seiner Frau Gemahlin verübt zu haben. Der Mord an der Nanny war ein entsetzlicher Mißgriff gewesen. In der Dunkelheit des Souterrains hatte er sie für seine Gattin gehalten. Die gerichtliche Untersuchung der Todesursache im Falle des Kindermädchens Sandra Rivett endete mit dem Juryspruch »Von Lord Lucan ermordet« und der Ausstellung eines Haftbefehls. Was seine Frau betraf, so stimmte Lady Lucans Darstellung der Vorgänge in jener Nacht in allen wesentlichen Einzelheiten mit den Erkenntnissen der Polizei überein. Etwas allerdings hatte die Polizei stark zu beklagen: Nach der Mordtat war der verschollene Earl in seinem Vorgehen begünstigt worden. Seine Freunde aus der Oberschicht, so die Polizei, hatten dem Tatverdächtigen zur Flucht verholfen und ihn dabei unterstützt, seine Spuren zu verwischen. Sie verhöhnten die Polizei, sie blockierten ihre Ermittlungen. Bis man Lord Lucans Spur zu einem wahrscheinlichen Reiseziel verfolgt hatte, mochte er schon längst wieder über alle Berge sein oder Hand an sich gelegt haben. Viele damals glaubten, er sei nach Afrika geflüchtet, wo er über Freunde und Geldmittel verfügte.

In den dazwischenliegenden Jahren hatte es von Zeit zu Zeit Berichte gegeben, wonach der verschwundene Tatverdächtige »gesichtet« worden war. Die Legende war nicht totzukriegen. Am 9. Juli 1994 veröffentlichte der *Daily Express* einen Artikel über ihn und das grausige Ende von Sandra Rivett, die einer Verwechslung zum Opfer gefallen war:

Offenbar die Tat eines Wahnsinnigen oder einer Person, die unter unkontrollierbarem Druck stand und unzurechnungsfähig geworden war... Das ganze elegante Stadtviertel Belgravia war mit seinen ungedeckten Schecks versorgt, das Schulgeld nicht bezahlt, die Konten in vier verschiedenen Banken überzogen; er hatte Geld von einem Wucherer geliehen, zu einem Zinssatz von 18 Prozent, außerdem 7000 Pfund von Playboy Taki und 3000 Pfund von einem anderen Griechen. Sein Mentor, der Glücksspieler Stephen Raphael, hatte ihm ebenfalls 3000 Pfund geborgt.

In der Nacht des 7. November 1974 lag das Souterrain im Hause seiner Frau im Dunkeln. Die Glühbirne war herausgeschraubt worden. Eine Frau kam die Treppe herab. Lucan schlug zu – traf aber nicht seine Frau, sondern die Nanny. »Wann ist Sandras freier Tag?« hatte er eine seiner Töchter erst kurz zuvor gefragt. »Donnerstag«, hatte sie geantwortet. An diesem Donnerstag hatte sich Sandra jedoch nicht freigenommen; statt dessen war sie in die Küche hinuntergegangen, um sich und Lucans Frau eine Tasse Tee zu machen. Sandra wurde niedergeknüppelt und erschlagen. Und in einen Sack gestopft. Auch Lucans Frau, die herunterkam, um nachzusehen, was vor sich ging, wurde geschlagen. Blutig geschlagen. Sie beschrieb, wie sie den Angreifer, den sie als ihren Mann erkannte, schließlich abgewehrt habe. Sie habe ihn gebissen; sie habe ihm in die Eier getreten, ihn entmannt, ihm ihre Beihilfe angeboten; und als er ins Badezimmer gegangen sei, um das Blut abzuwaschen, habe sie sich aus dem Haus gestohlen und sei ein paar Meter die Straße hinunter zu einer Wirtschaft gewankt. Blutüberströmt sei sie hineingestürzt und habe Zeter und Mordio geschrien: »Die Kinder sind noch im Haus...«

Er hatte versucht, sie mit einer behandschuhten Hand zu erwürgen und ihr mit demselben stumpfen Gegenstand den Rest zu geben, mit dem er auch Sandra umgebracht hatte.

Als die Polizei im Haus eintraf, war der Earl entflohen. Er hatte seine Mutter angerufen und sie gebeten, sich um die Kinder zu kümmern, was sie, noch am selben Abend, tat.

Man weiß, daß der Earl von einem Freund kurz gesehen wurde. Seitdem war er verschollen. War er aus dem Land geschmuggelt worden oder hatte er Hand an sich gelegt?

Die gute Frau Dr. Wolf betrachtete ihren Patienten und ließ sich die obigen Tatsachen durch den Kopf gehen. War dieser Mann, der da vor ihr saß und behauptete, Lord Lucan zu sein, tatsächlich der vermißte Mordverdächtige? Er lächelte, lächelte in einem fort über ihre Nachdenklichkeit. Was gab es da zu lächeln?

Sie konnte bei Interpol anrufen, hatte jedoch private Gründe, davon Abstand zu nehmen.

Sie sagte: »Es gibt zur Zeit in Paris einen anderen ›Lord Lucan‹. Ich frage mich, wer von Ihnen beiden der echte ist. Wie auch immer, unsere Sitzung ist zu Ende. Morgen bin ich nicht da. Kommen Sie Freitag wieder.«

»Noch ein Lucan?«

»Ich sehe Sie am Freitag.«

2

Während Hildegard in ihrem Lieblingsbistro in der Rue du Dragon zu Mittag speiste, wägte sie ab, welcher von beiden der wahrscheinlichere Kandidat war. Sie aß Kaldaunen, die Spezialität des Hauses. Und was, fragte sie sich, verstand Lucky unter einem Pakt mit dem Teufel? Vielleicht sollte sie das Gespräch darauf bringen. Hildegard hatte das Gefühl, daß er sich, ob er nun der echte Lord Lucan war oder nicht, auf einen wirklichen Vorfall aus seiner Vergangenheit bezog. Es würde sie nicht im mindesten überraschen, wenn sich herausstellte, daß er – als verschollener Earl – ein Schwindler war; aber sie wäre erstaunt gewesen, wenn er nicht irgendwann einmal sein Gewissen kompromittiert hätte: »Ich habe meine Seele dem Teufel verkauft.« Das hatte etwas zu bedeuten.

Zwei Tage später hatte Walker – dies der Name, mit dem der andere Patient namens Lucan angeredet zu werden wünschte – bei Hildegard einen Termin. Walker war sein Nachname; sein Vorname Robert kam nie zur Anwendung. »Robert Walker. Bitte nennen Sie mich stets Walker. Niemand darf wissen, daß ich der siebente Earl of Lucan bin. Auf mich ist ein Haftbefehl ausgestellt.« Walker war hochgewachsen, weißhaarig, mit weißem Schnurrbart. Den Zeitungsfotos nach zu schließen, die mehr als zwanzig Jahre zurücklagen, mochte es sich um den untergetauchten Earl handeln, vielleicht aber auch nicht.

»Alles in allem«, sagte Hildegard, »glaube ich nicht, daß er Lucan ist. Und der andere höchstwahrscheinlich auch nicht.« Sie unterhielt sich mit Jean-Pierre Roget, ihrem Lebensgefährten, mit dem sie nun schon seit mehr als fünf Jahren zusammen war. Sie saßen im Wohnzimmer ihrer großen Wohnung. Es war Abend. Sie hatte sich in einen beigen Ledersessel gesetzt, er ebenso.

»Unzweifelhaft sind die beiden Männer miteinander bekannt und arbeiten Hand in Hand«, sagte er. »Das wäre ein gar zu großer Zufall, wenn die beiden unabhängig voneinander unter allen Psychiatern ausgerechnet dich hier in Paris konsultierten, zwei Hochstapler, oder ein Hochstapler und ein echter Lucan. Das kann ich nicht glauben.«

»Ich auch nicht«, sagte sie. »Ich glaub's auch nicht.«

»Du solltest versuchen, unvoreingenommen zu sein.«

»Was soll das heißen?« fragte sie.

»Hör dir wenigstens genau an, was sie sagen.«

»Ich habe mir Walker angehört. Er klingt sehr verstört.«

»Er hat sich lange Zeit gelassen, verstört zu sein. Was hat er all die Jahre über getrieben, daß er nicht schon vorher verstört war?« überlegte Jean-Pierre laut.

»Er hat sich der Justiz entzogen. Ist hierhin geflohen und dorthin. Er hatte Freunde.«

»Und Interpol? Woher weiß er, daß du ihn nicht der Polizei übergeben wirst?«

»Das weiß keiner der beiden«, antwortete sie. »Genau das begreife ich einfach nicht.«

»Oh«, sagte er, »ich schon. Im allgemeinen vertrauen die Menschen darauf, daß ein Psychiater genauso verschwiegen ist wie ein Priester.«

»Rein beruflich habe ich mit Walker sehr gern zusammengearbeitet«, sagte sie. »Aber jetzt, wo dieser neue... Früher oder später werde ich mich mit ihm auseinandersetzen müssen.«

»Welchen Namen hat er sich beigelegt?«

»Lucan«, antwortete sie. »Einfach nur Lucan.«

»Wie nennen ihn seine Freunde?«

»Er sagt, er heißt Lucky. Seine Freunde haben ihn schon immer Lucky Lucan genannt. So stand es in der Zeitung.«

»Welcher deiner beiden Patienten«, fragte Jean-Pierre, »sieht den Fotos ähnlich?«

»Beide«, erwiderte Hildegard.

»Hildegard«, sagte er, »könnte einer von ihnen etwas gegen dich in der Hand haben? Irgend etwas aus deiner Vergangenheit, was auch immer?«

»Ach, mein Gott«, sagte sie. »Die Möglichkeit gibt es immer. Jeder hat irgendwann einmal Dreck am Stecken. Ich wüßte nicht... Aber das wäre unwahrscheinlich, unglaublich. Was würde so jemand mit meiner Vergangenheit anfangen wollen?«

»Vielleicht nichts«, sagte er.

»Vielleicht – was willst du damit sagen, Jean-Pierre?«

»Nun, ich will damit nicht unbedingt sagen, daß vielleicht auch du von Interpol gesucht wirst. Andererseits...«

»Andererseits was?« Sie war unsicher geworden, aggressiv. Jean-Pierre beschloß, den Rückzug anzutreten.

»Nichts«, sagte er, »denn du stehst ja nun mal nicht auf der Fahndungsliste.« Er schenkte ihr ein gewinnendes Lächeln. Seine Zuneigung war ungeheuchelt. »Sollte einer dieser Männer der vermißte Lucan sein, hätte er vielleicht das Gefühl, sich dir gefahrlos anvertrauen zu können, wenn er über deine Vergangenheit etwas wüßte, das du lieber verheimlichen möchtest. Aber da dem nicht so ist, weil du sagst, dem ist nicht so, scheidet diese Theorie ja wohl aus, nicht wahr?«

»Nein«, entgegnete sie. »Wenn einer von ihnen der echte Lucan ist, bildet er sich vielleicht ein, er hätte etwas gegen mich in der Hand. Auf die Idee könnte jeder kommen. Wahrscheinlich stecken sie unter einer Decke, mehr will ich damit nicht sagen.«

3

Walker hielt seinen Termin bei Hildegard ein.

»Eigentlich bin ich nicht daran interessiert, ob Sie Lord Lucan sind«, sagte sie ihm. »Ich bin an Ihnen selbst interessiert, daran, was Sie hier tun, weshalb Sie eine Psychiaterin brauchen, weshalb Sie der Mut verlassen hat, falls dem so ist. Ich bin an einer ganzen Reihe wichtiger Faktoren interessiert, nicht so sehr daran, wie Ihr Name im Jahre 1974 gelautet haben mag. Schließlich fühlen Sie sich jetzt, in diesen Wochen, gedrängt, zu mir zu kommen. Warum?«

»In England«, sagte er, »hat man mich von Amts wegen für tot erklären lassen, um an meinen Nachlaß heranzukommen. Inzwischen halte ich mich selber schon für einen Toten. Das peinigt mich.«

»Einige Leute nehmen an, daß der echte Lord Lucan vor mehr als zwanzig Jahren eine Nanny ermordet und gleich darauf Selbstmord begangen hat«, sagte sie. »Das ist keine unvernünftige Annahme.«

»Sein Leichnam ist nie aufgefunden worden«, entgegnete Walker. »Wie sollte er auch? Ich bin Lucan.«

»Sie sind nicht der einzige, der das behauptet«, sagte sie.

»Wirklich? Wer ist der andere?«

»Es könnte noch viele andere geben. Zumindest einige.

Ich kann mir nicht vorstellen, in welchem Ausmaß oder zu welchem Zweck. Ich hätte gedacht, daß man dergleichen lieber für sich behält.«

»Ich behalte es ja auch für mich«, sagte Walker. »Bei Ihnen ist mein Geheimnis sicher aufgehoben.«

»Sind Sie davon überzeugt?«

»Ja.«

»Ich brauche nur bei Interpol anzurufen.«

»Das gleiche gilt für mich.«

»Um sich freiwillig zu stellen?« fragte sie.

»Nein, um Sie zu stellen, Dr. Wolf.«

»Mich? Was wollen Sie damit sagen?« Ihre Stimme hörte sich an, als habe sie Mühe zu schlucken, als sei ihr Mund ausgetrocknet.

»Sie sind Beate Pappenheim, die angeblich Stigmatisierte aus Bayern, die 1986 entlarvt wurde und sich mit so vielen Millionen Mark des Katholischen Pappenheim-Fonds aus dem Staub gemacht hat, daß keiner wußte, wie viele es waren, die...«

»Ich weiß nicht, wovon Sie reden«, versetzte sie. »Wenden wir uns wieder Ihrem Problem zu, das, soweit ich sehe, eines der Identität ist.«

»Ich weiß, wer ich bin«, sagte er. »Ich habe Freunde. Helfer. Menschen, die wissen, wer ich bin.«

»Dann brauchen Sie mich vielleicht gar nicht«, sagte sie und rückte die Stifte auf ihrem Schreibtisch noch eine Spur gerader.

»Beate Pappenheim«, sagte er, »wie lange bleibt ein Haftbefehl gültig? Ein ganzes Leben lang?«

»Ich heiße nicht Pappenheim«, erwiderte sie, »und ich

bin auch keine Anwältin. Ich denke, in den meisten Ländern bleibt ein Haftbefehl ein ganzes Leben lang oder bis zur Festnahme gültig, aber unter Ihren Freunden und Helfern gibt es doch sicherlich einen, der sich im Strafrecht auskennt oder als Anwalt tätig ist?«

»Meine Freunde werden allmählich alt, etliche sind schon gestorben«, erwiderte Walker. »Keiner von ihnen ist Anwalt. Es sind Gentlemen, es sind Millionäre, nicht Rechtsanwälte.«

»Sie kommen mir mit Ihrer Geschichte, Sie seien Robert Walker alias der siebente Earl of Lucan«, sagte Hildegard, »auf der Flucht vor dem britischen Gesetz, gesucht wegen Mordes. Was für Beweise haben Sie, daß an dieser Geschichte auch nur das geringste wahr ist?«

»Ich bin Ihnen überhaupt keine Beweise schuldig.«

»O doch, wenn Sie mein Patient bleiben möchten, schon«, sagte sie. »Zumal ich einen anderen Patienten namens Lucan habe, der ebenfalls behauptet, den Mord verübt zu haben, ja beinahe stolz darauf ist.«

»Dr. Pappenheim…«

»Mr. Walker, Sie sind auf Geld aus, stimmt's?«

»Teils.«

»Liefern Sie mir Beweise dafür, daß Sie Lucan sind, und ich werde zahlen – teils. Und jetzt ist unsere Sitzung, für die Sie *mich* bezahlen, zu Ende. Sie zahlen bei der Sprechstundenhilfe, und keine Dummheiten.«

»Bis nächsten Freitag, Dr. Pappenheim?«

»Hinaus mit Ihnen!« Sie starrte ihn zornig an, doch er lächelte ihr nur zu, als er sich erhob, weltmännisch, leger gekleidet, reich, manikürt – einfach grauenhaft

Hildegard entnahm ihrer Handtasche einen kleinen Duftzerstäuber, mit dem sie sich den Hals besprühte. Als sie den Zerstäuber wieder in ihre Tasche steckte, dachte sie: Ich bin ein Tier, das versucht, den Mann von meiner Duftmarke abzubringen. Wo kommt er nur her, dieser Sensationshai? Sie rief Jean-Pierre an, denn sie wußte genau, wie sehr dieser ihre Methoden bewunderte und ihren Ruhm respektierte. »Ich werde tatsächlich bedroht«, sagte sie. »Es hat mit meiner Vergangenheit zu tun, mit einem anderen Leben, einer anderen Welt. Es beunruhigt mich. Natürlich nicht rational. Aber ich weiß nicht recht, was ich tun soll.«

»Wir können uns heute abend darüber unterhalten, Hildegard. Warum bist du beunruhigt? Könnte es nicht einfach sein, daß deine Patienten plemplem sind?«

»Es ist nur dieser erste Lord Lucan, der sich Walker nennt. Wer, glaubst du, ist Walker wirklich?«

»Ein Privatdetektiv«, antwortete Jean-Pierre. »Vielleicht jemand, der Erkundigungen über den echten Lucan einzieht.«

»Bis nachher«, sagte sie.

Jean-Pierre war sieben Jahre jünger als sie. Der Altersunterschied war nicht offensichtlich. Hildegard hatte ein reizend geformtes Gesicht, mit gepflegtem dunklen Haar, blasser Haut und großen, grauen Augen. Jean-Pierre war ein Mann von mächtigem Wuchs, ein Graubär mit Bart. Seit über fünf Jahren lebte er mit Hildegard zusammen. Er konnte an niemand anderen, eigentlich an nichts anderes denken als an sie.

Jean-Pierre war Metall- und Holzarbeiter. Er besaß eine

Werkstatt mit Gießerei, in der er seine Arbeitstage verbrachte. Er hatte eine natürliche Begabung dafür, Dinge wie Glocken, Kamingeräte, Pferdetrensen, Türen und Fenster anzufertigen, besonders aber verstellbare Bücherregale. Außerdem restaurierte er entzweigegangene Gegenstände; er bastelte Lampen aus Vasen und klebte wertvolle Porzellangefäße. Seine Werkstatt war mit Eckschränken und Wandtischchen, kleinen Kästchen, primitiven Telefonen, Muscheln, alten Münzen und was nicht noch vollgestopft und wirkte wie ein europäischer Schrotthaufen, eine Geschichte der Altertümer. Wenn ihm danach zumute war, aus Holz und Eisen eine Maske herzustellen, verwendete er als Augen häufig Münzen. Er hatte Gefallen an hölzernen Schuhspannern. Sein Geschäft befand sich in einem Vorort, außerhalb der Stoßzeiten eine halbe Fahrstunde vom Stadtzentrum entfernt (er hatte einen Fiat Mirafiori). Die Wohnung, in der er zusammen mit Hildegard lebte, lag in der Rue du Dragon am linken Seine-Ufer.

4

Verlieren Sie den Namen Hildegard Wolf nicht aus den Augen! Zwar wird jetzt ihr wirklicher Name, Beate Pappenheim, in unsere Geschichte eingeführt, doch der weist uns unweigerlich den Weg zu Hildegard. In den siebziger Jahren – Beate war eine junge Studentin in München – war sie es mit einem Mal leid, sehr, sehr leid, arm zu sein. Dergleichen widerfährt sehr vielen Menschen, die in Armut leben. Nicht alle können an ihrem Zustand etwas ändern.

Beate, eine Medizinstudentin, die sich zusätzlich in feministischer Psychologie weiterbilden wollte, stand schwere Zeiten durch. Morgens ging sie an die Uni, zu ihren Seminaren, und am frühen Nachmittag lernte sie Englisch. Doch von 16 bis 20 Uhr mußte sie arbeiten – eine vierstündige Schicht in der Handtaschenabteilung eines Kaufhauses. Nur auf diese Weise konnte sie ihren Lebensunterhalt verdienen, genug, um für ihr billiges möbliertes Zimmer und ihre magere Kost aufzukommen. Ihre Eltern lebten auf dem Lande, sie hatten einen Bauernhof mit Schweinen. Einmal im Monat fuhr sie am Wochenende mit dem Bus zu ihren Eltern und nahm auf der Rückfahrt Konservendosen, Hafergrütze oder Gewürzgurken als Geschenke mit. Von ihrem Studium war sie begeistert. Ihre

Arbeit in der Handtaschenabteilung des Kaufhauses rieb sie auf. Sie hatte die Frauen satt, die hereinkamen, um sich Handtaschen zu kaufen, und das Fassungsvermögen ihrer Neuerwerbung dadurch prüften, daß sie zuallererst die eigene Handtasche ausleerten, um zu sehen, ob der Inhalt in die neue hineinpaßte. Bei diesen Gelegenheiten bekam Beate Pappenheim häufig die dicken, prall gefüllten Brieftaschen einiger dieser Frauen zu Gesicht. Manchmal war das Geld, ganze Bündel von Banknoten, nicht einmal in einer Brieftasche verstaut. Beate wurde begehrlich. Hätte sie es anstellen können, ohne entdeckt zu werden, sie hätte das Geld entwendet. Sie war müde, sehr müde. Obwohl noch in den Zwanzigern, fühlte sie sich ausgelaugt. Ständig benötigte sie Geld. Ihr Freund Heinrich war Theologiestudent protestantischen Glaubens. Er sprach fließend Englisch und brachte sie dazu, sich mit ihm auf englisch zu unterhalten, damit sie die englischsprachigen Psychologielehrbücher lesen konnte. Er wäre so gern Katholik gewesen; die katholischen Kirchen waren viel fröhlicher als die protestantischen, voller Farbe und Glanz, Weihrauch und Heiligenbilder.

Eines Tages, an einem Samstag, als sie nicht bei ihren Eltern zu Besuch war, wollte ihr Freund bei ihr vorbeischauen. Es war nachmittags um drei. Er hatte einen Schlüssel. Er fand sie blutüberströmt auf ihrem Bett. Sie hatte eine Menorrhagie erlitten. Überall war Blut: auf den Laken, dem Fußboden, an ihren Händen. Heinrich lief zur Zimmerwirtin, die bei Beates Anblick aufschrie. Unterdessen hatte der junge Mann einen Arzt verständigt, der herbeikam, Beate eine Spritze verabreichte und der Wirtin befahl, die Schweinerei aufzuwischen. Heinrich nahm der zitternden Frau die Arbeit ab; sie machte sich Sorgen um ihre Bettlaken und die Vorhänge, denn irgendwie war das Blut sogar bis zum Fenster gespritzt.

Erst viel später konnte Beate sich aufsetzen. Zu ihrem Erstaunen bezeigte die Wirtin ihr jetzt Mitgefühl und brachte ihr ein Süppchen, das Heinrich auf dem Spirituskocher in der Zimmerecke aufgewärmt hatte. »Sie erinnern mich an ein Bild Anastasias von den Fünf Wundmalen, das ich in meiner Kindheit gesehen habe«, sagte die Wirtin, eine Katholikin. »Sie war stigmatisiert. Es hieß, daß sie Wunder wirkte. Aber die Kirche hat sie nie als Heilige anerkannt. Wenn der Bischof kam, um die Kirchen in der Diözese zu besuchen, mußten wir rennen und das Bild fortschaffen. Aber oft haben wir für Schwester Anastasia Sammlungen durchgeführt. Sie war gut zu den Armen.«

So hatte Beate den Einfall mit den Stigmata. Sie wechselte die Adresse. Jedesmal, wenn sie ihre Regel bekam, bestrich sie sich mit Blut und bandagierte ihre Hände, so daß das Blut durchzusickern schien. Jeden Monat war sie, so wie das Phänomen von alters her dargestellt wird, mit mindestens einem der fünf Wundmale Christi geschlagen (je eine Nagelwunde an Händen und Füßen und eine Speerwunde in der Seite). Zwischen den Monatsblutungen verfaßte sie Artikel über ihre Heilkräfte, unterstützt von Heinrich, der Beates Behauptungen so sehr zu glauben schien, daß sich bei einer Vernehmung herausgestellt hätte, daß er ihr wirklich glaubte. Mit dem Glauben hat es eine ganz eigene Bewandtnis.

Beate hatte Tausende von Handzetteln drucken lassen:

DIE GESEGNETE BEATE PAPPENHEIM
DIE STIGMATISIERTE VON MÜNCHEN

Bitte wiederhole das folgende Gebet an den sieben Vormittagen der Woche sieben Wochen lang. Beate Pappenheim betet und leidet für Dich:

»O Herr, segne uns durch die Fürsprache unserer Schwester Beate Pappenheim. Wir flehen Dich an, ihr Gebet im Namen unseres/unserer kranken/leidenden Bruders/Schwester [Nichtzutreffendes streichen] N. N. zu erhören. Im Namen der heiligen fünf Wunden Jesu Christi, unseres Herrn.«

Darunter befand sich ein Bild Beates, wie sie ihre blutbefleckten Hände in die Höhe hielt.

Unter diesem wiederum ein kurzer Lebensabriß von Beate, in dem besonders ihr beharrlicher Kirchgang seit ihrer Kindheit herausgestrichen wurde.

Der Handzettel schloß mit den Worten:

Bitte schicke, was Du aufbringen kannst. Kein Almosen ist zu gering.
Zugunsten von Beate Pappenheims Armen lege ich die Summe von _______ bei.

Heinrich hatte einige Freunde an der kirchlichen Hochschule, an denen er ihren Handzettel ausprobierte. »Sie wirkt wahrhaftig Wunder.« Fast alle taten die Behauptung mit einem Lachen ab. Aber nicht ganz alle. Nach einer

Weile drang die Nachricht von Beates Wundertaten an die Ohren von Krankenschwestern und gelangte auf irgendeine Weise nach Irland, das große Land der Gläubigen. Dort wurde ein wahrer Kult mit ihr getrieben. Als sie schließlich (es dauerte acht Jahre) mittels einer Analyse ihres Monatsblutes als Schwindlerin entlarvt wurde, stellte sich heraus, daß auf ihrem Konto mehr Geld in irischer Währung eingezahlt worden war als in irgendeiner anderen. Unterdessen war sie geflohen, spurlos verschwunden.

Während dieser Zeit hatte Beate ein sorgenfreies Leben führen können. Jeden Monat legte sie sich blutend ins Bett und empfing Pilger. Tatsächlich geschahen Zeichen und Wunder, wie es mitunter der Fall zu sein pflegt. Als sie schließlich enttarnt wurde, weigerten sich viele ihrer Anhänger, vor allem arme Leute, den Berichten der Zeitungen Glauben zu schenken.

Beate selbst war ins Ausland geflüchtet. Sie legte sich einen anderen Namen zu, Hildegard Wolf. Später zog sie nach Paris und ließ sich dort als Psychiaterin nieder. Mit dem Namenswechsel veränderte sich auch ihre Persönlichkeit beträchtlich. Sie hätte beschwören können, daß Beate Pappenheim ein »anderer Mensch« war als sie selbst; doch hatte sie sich in den vergangenen zwölf Jahren niemals genötigt gesehen, dieser Frage nachzuhängen. Sie hatte Beate schlicht aus ihrem Bewußtsein verdrängt, ihre alte Geburtsurkunde vernichtet und sie durch eine neue ersetzt, die sie sich bei einem Anwalt in Marseille verschafft hatte.

Die Bekannten, die Freunde, Feinde und Anhänger aus vergangenen Zeiten, diejenigen, die vom Kult der Gesegneten Beate Pappenheim profitiert hatten, hatten sie nicht ganz vergessen. Und viele arme, alternde katholische Betschwestern in Frankreich oder auf den Britischen Inseln entsannen sich ihres Namens, entsannen sich der Opfer ihrer Jugend – der kleinen, in ihren Augen großen, Geldsummen, die sie jeden Monat nach Deutschland aufgegeben hatten, sei es per Postanweisung oder indem sie Zehn-Schilling-Noten zusammen mit einem frommen Brief in einen Umschlag steckten. Da sie ihr Geld geschickt hatten, glaubten sie meist auch weiterhin an sie, lange nachdem der *Catholic Herald* oder *The Tablet* Artikel über Beates wissenschaftlich erwiesenen Betrug veröffentlicht hatten. »Beate, Du bist mit Sicherheit echt. Ich glaube an Dich, weil ich Dir alle meine Ersparnisse geschickt und Dein Gebet gesprochen habe« – so lautete ein typischer Brief, der später mit dem Vermerk »Empfänger unbekannt« an die Absenderin zurückging. Heinrich kehrte wieder an seine kirchliche Hochschule zurück und bewahrte Stillschweigen.

Walker, der erste sogenannte Lord Lucan, kam rechtzeitig zu seinem nächsten Termin und wurde hereingeführt. Er setzte sich hin und zündete sich ohne Erlaubnis eine Zigarette an.

»Machen Sie die Zigarette aus«, sagte sie.

»Nach dem Mittagessen rauche ich gern eine.«

»Aber ich habe noch kein Mittagessen gehabt«, erwiderte Hildegard bestimmt. »Gerade wollte ich mir unten aus der Brasserie ein Sandwich bringen lassen.« Sie drückte auf den Summer. »Lassen Sie mir ein Sandwich mit Schinken und Käse und ein Fläschchen Rotwein heraufkommen«, trug sie ihrer Sprechstundenhilfe auf.

»Um auf die Frage Ihrer Identität zurückzukommen...«, setzte Walker an.

Doch Hildegard wollte nichts davon wissen. »Wenn Sie wegen einer Analyse gekommen sind – die sollen Sie haben. Was die Frage der Sandwiches angeht, so müssen wir früher oder später alle eine Sandwichpause einlegen oder uns vor dem Theaterbesuch ein Sandwich genehmigen. An Tagen wie heute, wenn man einen langweiligen, einen sehr langweiligen Patienten erwartet, lasse ich mir immer ein Sandwich heraufkommen. Weder vorher noch hinterher sind meine Verdauungsorgane einer vollen Mahlzeit gewachsen. Am besten ist es, ein Sandwich geliefert zu kriegen. Wie alt sind Sie?«

»Nächsten Dezember fünfundsechzig.«

»Sie sehen älter aus.«

»Ich habe schwierige Zeiten hinter mir. Ich bin auf der Flucht gewesen. Lassen Sie mich erklären...«

»Wenn ich mein Sandwich gegessen habe.« Das Mädchen kam mit einem Tablett herein. Sie begann zu essen. Zwischen jedem Mundvoll sprach sie weiter, doch immer, wenn sie einen Bissen zu sich nahm, versuchte auch er zu sprechen. Es war ein richtiggehender Kampf, und Hildegard trug den Sieg davon. »Sandwiches«, sagte sie, »sind für alle Zeiten, wie Diamanten. Kinder essen sie für ihr Leben gern. Es sind die nützlichsten und doch oft die am meisten verachteten Speisen.« Sie ließ sich von ihrer Phantasie mitreißen. »Meine liebsten Kindheitserinnerungen haben mit Sandwiches zu tun. Auf Kindergeburtstagen...«

»Die sicherste Art, meine Identität für mich zu behalten, besteht darin, sie nicht preiszugeben«, sagte er. »Aber wenn ich schon damit herausrücken muß, daß ich Lucan bin, etwa wenn ich eine Psychiaterin konsultiere – und wie Sie sehen, habe ich mich dazu entschlossen –, geht das nur, wenn ich von dieser Psychiaterin ein Geheimnis weiß, das an Verworfenheit meinem eigenen gleichkommt.«

»Einem Mord kommt nichts so leicht gleich«, sagte sie. »Das Sandwich wurde im 18. Jahrhundert erfunden, vom vierten Earl of Sandwich, einem Glücksspieler wie Ihnen, sollten Sie wirklich Lord Lucan sein. Er entwickelte diese Form der Nahrungsaufnahme für den kleinen Hunger zwischendurch, damit er sich zu den Mahlzeiten nicht vom Spieltisch zu erheben brauchte, Mr. Walker.«

»Aber Sie werden immer noch wegen Betruges gesucht«, sagte Mr. Walker, »und zwar wegen eines ganz besonders anrüchigen Betruges. Wie viele arme Dienstmädchen haben Sie um ihre Ersparnisse gebracht, als Sie Beate Pappenheim waren?«

»Wo Sie herstammen«, erwiderte Hildegard, »werden die Sandwiches natürlich mit Butter bestrichen. Die Sandwiches auf den Britischen Inseln unterscheiden sich sehr von deutschen Stullen.« Aus dem Fläschchen auf dem Tablett schenkte sie sich ein Glas Wein ein. Vor ihr lag noch ein zweites Sandwich, das sie zur Hand nahm und nachdenklich betrachtete, bevor sie vorsichtig daran herumknabberte. »Deutsche Stullen sind viel dicker, mit Gürkchen und Würstchen und Käse darin. Ihre englischen Sandwiches dagegen sind dünn, sehr dünn geschnitten. Sie sind mit Butter bestrichen, mit kleingehacktem Ei und Tomaten gefüllt und mit Kresse garniert, deren zarte Fäden verlockend zur Seite heraushängen. Sie...«

»Ich weiß, ich weiß«, sagte Walker. »Ich kenne sie noch von Schulsportfesten. Aber ich bin hierhergekommen, um die Lage zu erörtern, nämlich, was Sie zu unternehmen gedenken. Ich meine die Lage, die ich in unserer letzten Sitzung geschildert habe.«

»Oh, Sie lassen sich einen Bart wachsen«, sagte Hildegard, »und außerdem«, sagte sie, kaute zierlich und nahm in aller Seelenruhe einen Schluck, »gibt es da noch Garnelen, Hummer und Lachs, die eine ideale Sandwichfüllung abgeben. Erdbeersandwiches eignen sich vorzüglich für Picknicks.«

»Das waren noch Zeiten«, fuhr sie fort, bevor Mr. Walker sie aufs neue unterbrechen konnte, »als die Bäcker einen Laib Weiß-, Misch- oder Vollkornbrot verkauften, der bereits aufgeschnitten war. Vielleicht gibt es ja ein paar Bäcker, die das auch heute noch tun. Nun, ich bin sicher, daß Sie sehnlich eines dieser köstlichen Sandwiches begehren, während Sie hier sitzen. Befällt Sie bei deren Anblick nicht Heimweh nach England?« Mit der rosa Papierserviette, die die Brasserie mitgeliefert hatte, tupfte sie sich damenhaft die Mundwinkel und sah auf ihre Armbanduhr.

»Du lieber Himmel – wie die Zeit vergeht!« rief sie aus. »Ich fürchte, wir müssen die heutige Sitzung vorzeitig beenden, da ich einen ganz dringenden Termin außerhalb der Praxis habe, mit einer Patientin, die zu krank ist, um mich aufzusuchen. Ich muß einen Hausbesuch bei ihr machen. Bitte lassen Sie sich von der Sprechstundenhilfe einen anderen Termin geben, falls Sie die Behandlung fortsetzen möchten. Nächsten Freitag?«

»Nein«, antwortete er.

»Ganz wie Sie wünschen«, sagte sie. »Auf Wiedersehen.«

»Sie hören noch von mir«, sagte Mr. Walker alias Lord Lucan. »Ich werde mich melden, Fräulein Pappenheim.«

Sie hatte den Summer auf ihrem Schreibtisch betätigt. In der Tür erschien die Sprechstundenhilfe.

»Der Patient wünscht einen anderen Termin«, sagte Hildegard. In einem vertraulicheren Ton fügte sie hinzu: »Das übliche Honorar.«

5

Aus sämtlichen Berichten und Polizeiunterlagen über die Affäre ging hervor, daß der siebente Earl of Lucan eine äußerst arrogante Person war. Arroganz ist unheilbar. Gewöhnlich ist sie die Folge eines tiefsitzenden, zuweilen gerechtfertigten Minderwertigkeitsgefühls. Ein weiteres Merkmal dieses Earl of Lucan, das sich angeblich hielt, war eine besondere Eßgewohnheit, der er offenbar sein ganzes Erwachsenenleben hindurch nachgekommen war – bis zu seinem Verschwinden. Jeden Tag hatte er nichts als Räucherlachs und Lammkoteletts gegessen; im Winter wurden die Koteletts gegrillt, im Sommer *en gelée* serviert. Langeweiler fanden Lucan unterhaltsam. Seine Gattin war bei seiner Spielerclique nicht sehr beliebt. Lady Lucan war aufrichtig, aber phantasielos. Sie suchte ihre Kinder zu schützen, und in einem erbitterten Gerichtsverfahren war ihr das Sorgerecht für sie zugesprochen worden.

Jean-Pierre hatte den riesigen Stapel Zeitungsausschnitte durchgelesen, die sich Hildegard aus London hatte kommen lassen. Er sagte zu ihr: »Wenn einer der beiden Lucans dich auf irgendeine Weise zu erpressen versucht, stecken sie unter einer Decke, darauf kannst du Gift nehmen. Ich halte es für suspekt, daß zwei Männer zur gleichen Zeit in deiner Praxis auftauchen und beide behaupten, Lucan zu sein.«

»Ich glaube, der zweite könnte der echte sein«, sagte Hildegard, »und der erste einer seiner Freunde, ein Helfershelfer, der dafür sorgt, daß ich den echten Lucan nicht der Polizei übergebe.«

»Da bin ich mir nicht so sicher«, sagte er.

»Ich mir auch nicht. Vielleicht ist keiner von beiden Lucan.«

»Beate Pappenheim. Hast du wirklich so geheißen?«

»Ja.«

»Beate Pappenheim… wie hübsch.«

»Warum«, fragte Jean-Pierre am folgenden Abend, »hast du mir von deinem aufregenden früheren Leben als Stigmatisierte nicht schon vorher erzählt?«

»Hör zu«, sagte sie. »Ich habe Wunder getan. So sonderbar es klingt, ich habe wirklich einige Menschen geheilt.«

»Ich glaube dir«, sagte Jean-Pierre. Er dachte: Ich glaube ihr tatsächlich. Sie ist einfach zauberhaft. Und wenn er an sein Leben vor der Begegnung mit Hildegard dachte, fragte er sich, wie er je zu Rande gekommen war.

»Wir könnten einen deiner Lucans auf die Probe stellen, indem wir ihn zum Abendessen bitten. Du brauchst ihm nur Räucherlachs, gefolgt von Lammkoteletts, vorzusetzen, dann wirst du sehen, ob er kräftig zulangt. In allen Büchern über ihn steht geschrieben, daß er genau das und nur das gegessen hat«, meinte Jean-Pierre.

»Natürlich wird er kräftig zulangen, wenn du die Mahlzeit kochst«, sagte sie. Jean-Pierre war ein guter Koch, und manchmal, wenn die beiden Au-pairs, zwei junge Männer, ihren freien Abend hatten, bereitete er das Abendessen selber zu. »Welchen sollen wir einladen, Lucan I oder Lucan II?« fragte Hildegard.

»Lucan II alias Lucky.«

»Einverstanden. Ich werde Lucky einladen und ihm Räucherlachs und Lammkoteletts vorsetzen. Es wird interessant sein zu sehen, wie er reagiert. Ich würde ihn gerne nervös machen. Vielleicht könnte ich ihm eine Frage wie die folgende vorlegen: ›Angenommen, der Tod ist ein Mann, was für eine Figur wäre wohl Frau Tod?‹«

»Nach allem, was ich über ihn gelesen habe, braucht das zuviel Phantasie. Eine so harte Nuß könnte er nicht knacken.«

»Vielleicht nicht«, sagte sie. »Ja, ich bin überzeugt, daß du recht hast. Weißt du, daß er sehr, sehr beschränkt sein soll?«

»Ja, ich weiß. Vielleicht könnte ich ihm etwas in sein Getränk tun – mal sehen. Ich könnte dir eine harmlose Sprechpille beschaffen«, schlug Jean-Pierre vor. »Etwas, das den ganzen Abend vorhält und ihn zum Reden bringt. Ich kenne einen Apotheker.«

»Wie gerissen du bist!«

Anderntags ließ Hildegard sich noch einmal alles durch den Kopf gehen. Je mehr sie darüber nachdachte, desto besser gefiel ihr die Idee mit der Pille, die dem Patienten heimlich verabreicht wurde, damit er mit der Sprache herausrückte. Natürlich war das unmoralisch. Ohne Zweifel illegal. Bislang war Hildegard von keinem der beiden Lords persönlich belästigt worden. Sie überlegte nur, wie sie ein gutes Ergebnis erzielen konnte… »Ich könnte dir eine

Sprechpille beschaffen...« Sie bewunderte Jean-Pierre zutiefst; er war ein Mann von ihrem Kaliber. Wenn man sich eine Moral vorstellen kann, die bar jeder Ethik oder Rechtmäßigkeit ist – ebendie war das Leitprinzip der beiden. Und aufgrund dieser besonderen Moral waren sie entschlossen, Lord Lucan gründlich heranzunehmen. Was Hildegard an dieser Geschichte am meisten schockierte, war sein und seiner Clique gänzlicher Mangel an Reue angesichts der toten Nanny, einer jungen Frau von neunundzwanzig Jahren, voller Schönheit, Leben, Humor. Als ein Verwandter von ihr verabredungsgemäß das Haus der Lucans aufsuchte, um ihre Habseligkeiten abzuholen, wurden sie ihm, in eine Papiertüte gestopft, von Lady Lucan höchstpersönlich an der Türe ausgehändigt, und damit hatte es sein Bewenden.

Hildegard und Jean-Pierre lasen sämtliche Zeitungsausschnitte gemeinsam durch. »Eins erstaunt mich«, sagte Jean-Pierre, »wie Lucan es geschafft hat, die Polizei und die Presse gegen sich aufzubringen, ohne sich je mit ihren Vertretern getroffen zu haben. Ich glaube, das hat vor allem mit der Haltung seiner Freunde zu tun.«

»Aber er war wirklich ein grauenhafter Kerl«, sagte Hildegard. »Zum einen neigte er zu sexueller Gewalt. Er hat seine Frau mit dem Rohrstock gezüchtigt. So etwas ist doch krankhaft.«

»Ja, er war krank. Alle großen Spielernaturen sind krank. Und falls er obendrein Sadist war... Könnte das einer deiner beiden Männer gewesen sein?«

»Beide. Das Zeug dazu haben alle beide. Ihre Aussagen im Verfahren um das Sorgerecht für die Kinder haben Lucan schwer mitgenommen. Er hatte geglaubt, seine Frau würde in Sachen Sadismus Stillschweigen bewahren, was sie aber nicht tat. Er fühlte sich hintergangen. Doch da er versucht hat, sie als geistesgestört hinzustellen, sah sie sich natürlich berechtigt, seinen eigenen Geisteszustand aufzudecken. Außerdem, was will sich ein übellauniger Mann um die Kinder kümmern...«

»Ich nehme an«, sagte Jean-Pierre, »du begreifst jetzt, daß der echte Lord Lucan im Gegensatz zu den meisten deiner Patienten wirklich verrückt ist?«

»Meinst du?«

»Ich bin davon überzeugt. Den Tatsachen nach zu schließen, die während der gerichtlichen Untersuchung der Todesursache und im Laufe der Jahre durch biographische Nachforschungen zutage gefördert worden sind, ist er geisteskrank.«

»Aber welcher von beiden ist der echte?«

»Hildegard, es behagt mir gar nicht, daß du allein mit ihm zusammen bist. Bist du dir sicher, daß er dir nichts antun kann – ich meine, physisch?«

»Ich bin mir in gar nichts mehr sicher.«

»Nur darin, daß Lucan I, Walker, versucht, dir zu drohen, durch Erpressung deine Beihilfe zu erzwingen«, sagte Jean-Pierre. »Wofür ich ihn schon noch irgendwie aus dem Weg räumen werde – ich werde sein Problem lösen.«

»Liebling, er ist sehr groß.«

»Ich auch. Außerdem bin ich gerissen.«

Lucky hatte seinen Räucherlachs verzehrt, der mit hauchdünnen gebutterten Toastschnitten gereicht worden war.

Jetzt sprach er den drei Lammkoteletts auf seinem Teller zu. Dazu gab es einen Bordeaux, den er wie Löschpapier aufsog.

»Bemerkenswert, daß es soviel Blut gab«, sagte er. »Hätte ich, wie ich es mir einbildete, meine Frau erwischt, wäre niemals soviel Blut geflossen, soviel Blut. Aber das Blut, das in solchen Mengen aus dieser Nanny Sandra Rivett hervorschoß, werde ich nie vergessen. Irgend etwas stimmt mit den niederen Ständen nicht, daß sie so bluten. Ich kann das Blut einfach nicht vergessen. Es war überall. Ganze Lachen.«

Sie hatten beschlossen, in einem Bistro zu speisen, um Jean-Pierre Zeit zu geben, Lucky seine ungeteilte Aufmerksamkeit zuzuwenden. An den Wänden ringsumher hingen signierte Fotos von alten Schauspielern mit Hut und von Schauspielerinnen in prächtigen Pelzmänteln. Hildegard fand die Fotos beruhigend, sie gingen zeitlich sowohl den Erinnerungen ihres Gastes als auch ihren eigenen voran, und es war angenehm, in dieser Stunde des Aushorchens und der Geständnisse von etwas Gediegenem umgeben zu sein. »Blut«, sagte sie, »ist für mich nichts Neues, wie Sie vermutlich wissen.«

»Ich sollte das vermutlich wissen?«

»Ja, Ihr Komplize, der andere Lucan, hat Sie zweifellos verständigt, daß ich Beate Pappenheim war, die Stigmatisierte von München.«

»Der Name kommt mir bekannt vor«, sagte Lucky. »Aber ich habe keinen Komplizen. Sind Sie von Sinnen? Meine Informationen stammen von dem verstorbenen ehrwürdigen Bruder Heinrich, in dessen Hospiz ich einige Monate untergekommen bin.«

»Ich war über und über mit Blut bedeckt, mit Blut. Und ich habe zahllose Heilungen bewirkt. Ich bin nicht von Sinnen. Heinrich war ein armer kleiner Student. Er hat mir Geld gestohlen, und zwar eine ganze Menge.«

»Aber wenn mich meine Erinnerung nicht trügt, hat es einen Skandal gegeben.«

»Ihre Erinnerung trügt Sie nicht. Ich werde wegen Betruges gesucht, so wie Sie wegen Mordes. Heinrich wußte, daß ich meinen Namen geändert hatte.«

»Wegen Mordes und versuchten Mordes«, entgegnete er. »Meine Frau hat nicht so stark geblutet, wissen Sie. Es war die Nanny. Überall Blut.«

Beinahe hätte Hildegard Mitgefühl mit ihm empfunden. »Blut«, sagte sie, »Blut.«

»Es heißt, Blut reinigt«, meinte er.

War er etwa ein religiöser Fanatiker?

»Blut reinigt nicht«, entgegnete sie, »es ist klebrig. Durch Blut werden wir nie reingewaschen.«

»In einem Kirchenlied heißt es: ›Seid ihr gewaschen im Blut des Lammes?‹«, sagte er und stieß sein Messer ins Lammkotelett Nummer drei. »Ich habe im Schulchor mitgesungen.«

Sie jubelte, daß sich ihr Argwohn bestätigt hatte. Ein religiöser Fanatiker. Die Möglichkeit tröstete sie. Sie hatte noch keine Gelegenheit gefunden, ihm Jean-Pierres Sprechpille in den Wein zu tun, und dennoch redete Lucky, redete in einem fort. Sie nahm an, daß es die Wirkung seines alten Menüs mit Lachs und Lamm war, das er in den meisten seiner Verstecke bestimmt hatte entbehren müssen, damit ihn die Polizei nicht gerade wegen dieses Indizes schnappte.

6

Im allgemeinen haben Schottinnen, die sich nicht die Haare färben, das Einheitsaussehen von Inselbewohnerinnen, ein vornehmes Aussehen, das im Süden nicht zu finden ist. Der Mann, der sich Lucky Lucan nannte, ein Snob durch und durch, saß mit seinem Whisky und seinem Wasser im Salon des Golf Hotels in einem kleinen Dorf bei Aberdeen. Er hatte alle neun Bahnen des Golfplatzes gespielt und bewunderte jetzt gerade die junge, blonde, gutgebaute Kellnerin.

Er hatte sich diesen Flecken ausgesucht, wie er es stets tat, wenn es Zeit war weiterzuziehen: indem er mit einer Nadel blind in eine vor ihm aufgeschlagene Landkarte stach. Das hatte immer gut funktioniert. Niemand vermutete ihn an einem Ort, den er mit geschlossenen Augen und einer Nadel in der Hand ausgewählt hatte. Diesmal hatte er ihn auf einer Karte vom Norden Großbritanniens ausgesucht. Er hatte hier Geschäfte abzuwickeln.

»Christina«, antwortete sie, als er das Mädchen nach seinem Namen fragte. »Möchten Sie einen Tisch fürs Mittagessen?«

»In der Tat«, sagte er. »Aber ich nehme nicht an, daß Sie Räucherlachs und Lammkotelett auf der Speisekarte haben?«

»Wir haben beides.«

»Gut. Ich esse nämlich gerne Lammkoteletts.«

Er war sich nicht bewußt, daß ihn das Mädchen auf eine gewisse Art an Hildegard Wolf erinnerte. Sie war jünger als Hildegard. Ihre Haare leuchteten golden. Sie war entschieden magerer. Da merkte Lucky mit einem Mal, daß er in Wahrheit an Hildegard dachte.

»Wie heißen Sie?« fragte er die schottische Kellnerin abermals.

»Christina. Ich werde Kirsty gerufen.«

»Kirsty, ich hätte gern einen doppelten Malt-Whisky. Als Vorspeise nehme ich Räucherlachs, gefolgt von Lammkotelett mit allen Beilagen.«

»Ihre Zimmernummer?« fragte sie.

»Die Restaurantrechnung bezahle ich in bar.«

Er bezahlte grundsätzlich alles in bar. Seine Geldquelle befand sich hier in Großbritannien. Neuerdings kam er zweimal im Jahr, um das Geld von dem reichen Benny Rolfe persönlich entgegenzunehmen, einem alten Freund, der seit Luckys Gesichtsoperation bei seinen Besuchen jeweils ein dickes Bündel Banknoten bereitliegen hatte. Diesmal weilte Benny im Ausland, aber er hatte veranlaßt, daß das Bündel Sterling-Noten auch so in Luckys Hände gelangte, wie es seit 1974 unfehlbar zweimal im Jahr geschehen war. Der größte Teil des Geldes stammte aus Bennys eigener Tasche, doch gab es stets eine gewisse Summe, die andere alte Freunde von Lucan beigesteuert hatten und die von Benny Rolfe eingesammelt worden war.

»Bist du denn nie empört darüber, was ich verbrochen habe?« hatte Lucky bei einer dieser Gelegenheiten Benny gefragt. »Ist keiner von euch entsetzt? Ich bin nämlich selbst entsetzt, wenn ich zurückdenke.«

»Nein, alter Knabe, es war ein Schnitzer, wie es sie immer mal wieder gibt. Man sollte sich nie von einem Schnitzer das Gewissen belasten lassen.«

»Und wenn ich meine Frau umgebracht hätte?«

»Dann wäre es kein Schnitzer gewesen. Dann wärst du nicht so ein Pechvogel.«

»Ich muß immerzu an Nanny Rivett denken. Sie hatte furchtbar viel Blut. Literweise. Das Blut strömte nur so, alles war voll davon. Im Dunkeln bin ich darin herumgewatet. Hast du denn in den Zeitungen nicht von dem Blut gelesen?«

»Doch, um die Wahrheit zu sagen. Vielleicht haben ermordete Kindermädchen mehr Blut zu vergießen als Angehörige der Oberschicht, was meinst du?«

»Genau das vermute ich auch«, hatte Lucan bestätigt. Enttäuscht darüber, daß Benny bei diesem Besuch nicht selbst zugegen war, aß er sich durch seine Lammkoteletts hindurch. Er musterte Kirsty und verglich sie mit Hildegard. Vor dem Fenster des Speisesaals erstreckte sich in offenbar größtem Gleichmut die Nordsee. Inzwischen war Benny Rolfe Mitte siebzig. Fast alle von Luckys getreuen Helfershelfern waren jetzt über siebzig. Wer würde ihn mit Geld versehen, wenn seine Wohltäter einmal »nicht mehr waren«? So grübelte Lucky, der eine offensichtliche Tatsache nicht wahrhaben wollte: daß eines Tages auch er »nicht mehr sein« würde – und damit das Geldproblem gelöst wäre. Aber so dachte Lucky nicht, er war voller Sehnsucht nach Hildegard, seiner lieben Frau Doktor.

»Seid ihr gewaschen im Blut des Lammes?« Bei diesem Gedanken schaute er argwöhnisch über die Schulter.

Nach dem Abendessen machte er einen Spaziergang und blieb vor einem kleinen Kunstgewerbeladen stehen, der noch zu später Stunde geöffnet war, damit Leute wie Lucky vor ihm stehenblieben. Unter dem abscheulichen traditionellen schottischen Schmuck entdeckte er einen schönen Anhänger aus graviertem Kristallglas für Hildegard, für Hildegard. Er wartete, während der bärtige junge Verkäufer das Geschenk für Hildegard einwickelte, zahlte mehr als den angezeigten Preis und verstaute das kleine Päckchen in der Brusttasche.

7

Auf den Regalen unter den drei Fenstern ihres Sprechzimmers hatte Hildegard ihre Sammlung von Miniaturkakteen aufgestellt. Die Sammlung war von einer solchen Seltenheit, daß Hildegard sich ziemlich ärgerte, wenn einer ihrer Patienten sie in aller Unschuld mit einem weiteren Kaktus beschenkte. Nie war er so auserlesen wie ihre eigenen, und doch war sie genötigt, die neue kleine Pflanze wenigstens eine Zeitlang zur Schau zu stellen.

Walker hatte ihr ebensolch eine Pflanze mitgebracht; sie war schön, aber doch nicht schön genug. Mit beflissener Sorgfalt stellte sie sie aufs Regal, ganz so, als handele es sich um eine ausgesprochene Rarität.

Hildegard winkte Walker zu seinem Stuhl.

»Es gibt gleich zwei von Ihnen«, sagte Hildegard.

Walker blickte verwirrt drein. »Oh, es muß ja wohl gleich zwei von uns geben«, sagte er. »Einen, der das Verbrechen begangen hat, und einen, der es nicht begangen hat.«

»Und welcher von beiden ist der wahre Lucan?«

»Ich«, antwortete er. Seine Augen huschten vom Fenster zur Tür, als sei er in eine Falle getappt.

»Sie sind ein Lügner«, sagte sie.

»Das frage ich mich oftmals«, erwiderte Walker. »Nach

Jahren des Ich-Seins ist es schwierig, mir mit einem Mal vorzustellen, daß ich er bin. Wie haben Sie in Erfahrung gebracht, daß es einen Nachahmer gibt?«

»Ein Mann namens Lucky Lucan ist einer meiner Patienten. Er behauptet, der siebente Earl zu sein.«

»Dieser Schleicher, dieser Lump!« Walker war wirklich aufgebracht. »Der siebente Earl, das bin ich!«

»Wollen Sie damit sagen, daß es Schleicher und Lumpen sind, die Nannys erschlagen?«

»Es war ein Versehen. Nanny Rivett ist irrtümlicherweise getötet worden.«

»Und daß Lady Lucan beinahe der Schädel zertrümmert worden wäre?«

»Das war etwas anderes. Sie sollte ja sterben. Ich war verschuldet.«

»Gott, wie gern ich Sie Interpol übergeben würde«, sagte Hildegard.

»Das werden Sie schon nicht, Beate Pappenheim. Vergessen Sie nicht, daß ich berufsmäßiger Spieler bin. Ich weiß genau, wenn alles gegen mich spricht. Deshalb bin ich ja auf der Flucht, deshalb bin ich schließlich hier. Ich bitte nur um eines, Beate Pappenheim: um freie psychiatrische Behandlung. Sonst nichts. Nur das. Ihr Geheimnis, Ihr blutiges Geheimnis ist bei mir sicher aufgehoben, solange meines sicher bei Ihnen aufgehoben ist.«

»Und Lucky Lucan – mein anderer Patient?«

»Der hätte gar nicht erst zu Ihnen kommen dürfen. Er ist ein Schwein.«

»Er sieht dem Original verflixt ähnlich.« Hildegard öffnete die Akte, die sie bereits auf den Schreibtisch gelegt hatte, als sie sich auf die Unterredung vorbereitete. »Sehen Sie hier«, sagte sie. »Lucan im Alter von achtunddreißig Jahren am Strand, Lucan in seinem Hermelinmantel, Lucan in Tenniskleidung, Lucan auf einem Tanz und im Clermont Club beim Kartenspiel mit seinen berüchtigten Freunden. Und«, sagte sie, »ich habe auch ein mit Hilfe eines Computers hergestelltes Phantombild von ihm, wie er derzeit aussehen müßte. Es basiert auf Fotos, die man bei seinen Eltern fand, als diese in Ihrem Alter waren. Und hier ist ein weiteres Phantombild der Polizei, das mögliche Schönheitsoperationen an Kiefer und Nase berücksichtigt. Sehen Sie. So sehen Sie doch!«

»Aber sehen Sie mich an!«

»Sie haben dieselbe Körpergröße. Ihre Augen haben einen ähnlichen Abstand. Ja, Ihr englischer Akzent klingt sehr überzeugend, aber mich überzeugen Sie nicht. Wie arbeiten Sie mit Lucky Lucan zusammen?«

»Ich habe ihn angeheuert. So viele Male wäre ich beinahe gefaßt worden – besonders wenn ich die Gelder abholen wollte, die meine Freunde mir zur Verfügung stellten -, daß ich mir dachte, ich sollte ein Double engagieren. Wenn er das Geld abholen kommt, führt er sogar meine Freunde an der Nase herum. Seltsamerweise sieht dieser sogenannte Lucky mir in den Vierzigern ähnlicher als meinem jetzigen Ich. Und natürlich haben sie es nicht gern, wenn er länger als nötig verweilt.«

»Und angenommen, es verhält sich genau andersherum? Mein anderer Patient ist Lucan, und Sie sind der angeheuerte Ersatzmann?«

»Nicht doch«, sagte Walker.

»Wie auch immer, ich kann Sie nicht alle beide als Patienten annehmen.«

»Das brauchen Sie auch nicht. Ich werde mich mit diesem sogenannten Lucky befassen. Leute wie wir wissen, wie man mit Leuten wie ihm fertig wird.«

Diese letzten im Laufe des nachmittäglichen Gesprächs geäußerten Worte wollten Hildegard nicht aus dem Kopf gehen. *»Leute wie wir wissen, wie man mit Leuten wie ihm fertig wird.«* Natürlich hatte Walker sie absichtlich beunruhigen wollen. Soviel stand fest. Als sie ihn gefragt hatte, weshalb er nicht den einfacheren Weg einschlage, nämlich sich zu stellen und wegen Mordes vor Gericht zu verantworten, hatte er schon einmal gesagt: »Leute wie wir wandern nicht hinter Gitter.« Von seinen aristokratischen Qualitäten oder was immer er dafür hielt war er völlig eingenommen, und genau das hatte Hildegard zu der Vermutung veranlaßt, daß er ein Schwindler war. *»Leute wie wir wissen, wie man mit Leuten wie ihm fertig wird.«* Oder war er vielleicht doch der wahre Lord Lucan? *»Leute wie wir wissen, wie man mit Leuten wie ihm fertig wird...«* Hatte Lucan diesen Leitsatz im Sinn, als er mit der Frau »fertig geworden war«, die er für seine Gattin hielt, als er mit dem Wissen um seinen Schnitzer »fertig wurde«, daß er nur die Nanny umgebracht hatte? Leute wie wir... Leute wie sie... Es war fast melodramatisch, doch wie Hildegard ihrem Lebensgefährten an dem Abend erzählte, hatten Lord Lucans Lebensumstände, hatte sein Verschwinden einen Anflug von Melodrama... Vermutlich hatte sich die Polizei in den Tagen nach der Mordtat von dieser sehr naiven Einstellung zu seinem persönlichen

Drama verwirren lassen. Sie hatten sich nach aristokratischer Weltläufigkeit umgetan, statt dessen hatten Lucans Freunde eine billige Show abgezogen. Lucan hatte schwer getrunken, Lucan war hoffnungslos verschuldet. Aber nein, Lucan ist mit uns befreundet, er ist einer von uns, und Sie verstehen nicht, daß Leute wie wir... Als Lucan einem Freund einen Brief geschrieben hatte, war er so blutüberströmt gewesen, daß auf dem Umschlag Blutflecken zu sehen waren. In der Mordnacht war Lucan in Panik geraten und mit einem Blutspritzer an der Hose im Hause eines Freundes aufgetaucht.

Blut. Als Hildegard die Sache mit ihrem Geliebten besprach, sagte sie: »Ich befürchte, daß Walker Lucky umbringen wird. Das würde zu ihm passen.«

»Aber du hast doch gesagt, du hältst Lucky für den echten Lucan?«

»Ein Zweifel bleibt immer zurück. Ich könnte mich täuschen. Aber der Gedanke hat sich in mir festgesetzt, daß Walker ein skrupelloser Betrüger ist.«

Jean-Pierre hatte sich Notizen gemacht. Sie würden erst in einer Stunde zu Tisch sitzen. Jean-Pierre reichte Hildegard ihr Lieblingsgetränk, einen Whisky Soda, schenkte sich selbst einen trockenen Martini ein und zückte sein Notizbuch. Er las:

> Nachdem er fünfundzwanzig Jahre lang den Part des vermißten Lord Lucan gespielt hat, ist ihm die Rolle in Fleisch und Blut übergegangen. Das entscheidende Wort hier ist »vermißt«. Sollte er früher wirklich Lord Lucan gewesen sein, war er vorher nie vermißt worden. Nach

dem Mord verschwand er offenbar ohne alles Geld, ohne anständige Kleidung, ohne Paß. Löste sich einfach in Luft auf.

Sollte er der echte Lord Lucan sein, dürfte das ständige Versteckspiel einen Verlust der Unschuld beinhaltet haben – einer Unschuld, die er nicht in sich vermutet hätte. Etwa das Vergnügen, durch Paris zu flanieren, wie es so viele Engländer tun. Die Boulevards, die Ufer der Seine, der Verkehr, die Bistros, die Graffiti an den Häuserwänden – all das muß er in seinem neuen Leben ständiger Wachsamkeit entbehren. Wie er gemerkt haben dürfte, falls er wirklich Lucan, der berufsmäßige Spieler, ist, sprach alles gegen ihn. In den ersten Monaten nach seinem Untertauchen war die Polizei sehr rührig.

Und als die Jahre verstrichen waren und er nichts zustande gebracht hatte außer seinen heimlichen Reisen durch Südamerika, Afrika und Asien – dazwischen überstürzte, riskante Abstecher nach Schottland und Paris, um das Geld seiner alten Freunde abzuholen –, was war aus ihm geworden? Jemand Unauffindbares, dessen Hände, dessen Gewissen, dessen Gedächtnis voller Blut waren. Voller Blut...

So wird mein ganzes Wesen schier entweiht
Von seinem Handwerk, wie des Färbers Hand.

Als er 1974 untertauchte, war er neununddreißig. Der für die Bearbeitung seines Falls zuständige Kriminalkommissar Roy Ranson ist kürzlich verstorben. Noch immer wird der siebente Earl häufig gesichtet. Lucan ist hier, Lucan ist dort, er ist überall. In einer letzten Botschaft an Lucan schrieb Roy Ranson: »Werfen Sie einen wachsamen Blick über Ihre Schulter. Irgend jemand wird immer nach Lucan Ausschau halten.«

Er muß mehrere gefälschte Reisepässe, mehrere falsche Namen verbraucht haben.

»Nun, Hildegard«, sagte Jean-Pierre, »welcher deiner beiden Lucans entspricht meinem Profil am ehesten?«

»Keiner«, sagte sie, »und beide.«

»Wieso«, fragte Jean-Pierre, »sind die Lucans in der Therapie?«

»Sie sind krank«, erwiderte Hildegard. »Besonders Lucky. Er ist krank, und er weiß es.«

»Ich möchte herausfinden«, sagte Jean-Pierre, »warum genau sie sich einer psychiatrischen Behandlung unterziehen wollen.«

»Vielleicht benötigen sie Geld. Sie wollen es von mir«, antwortete Hildegard. »Es könnte sein, daß Lucans Geldquelle versiegt ist.«

»Es könnte sein. Ich hätte es gerne genauer gewußt«, sagte Jean-Pierre. »Neulich habe ich einen Artikel gelesen, in dem Lucans Freunde behaupten, er sei ›ohne den Schatten eines Zweifels‹ tot. So drückten sie sich aus. Solange man seinen Leichnam nicht gefunden hat und auch sonst keine Beweise in der Hand hält, bleibt immer ein Schatten, ein Zweifel zurück. Es ist möglich, daß er am Leben ist oder daß er tot ist. Nichts ist jemals ›ohne den Schatten eines Zweifels‹. Gar nichts. Das ist Journalistengeschwätz. Es gibt Schatten; es gibt Zweifel.«

»Das habe ich auch gedacht, als ich den Artikel las. Nicht, daß es mich auch nur im geringsten kümmert. Aber ich habe nun einmal diese Patienten und laufe Gefahr, nun, sagen wir, bloßgestellt zu werden.«

»Ja, genau das ist es, Hildegard: Bloßstellung. Eines wollen wir festhalten. Damit, daß man im Dreck wühlt, ist überhaupt nichts gewonnen.«

»Überhaupt nichts«, sagte sie und lächelte ihn dankbar an.

Die beiden Au-pairs, junge Männer, die eng miteinander befreundet waren, trugen das Abendessen auf, das sie zubereitet hatten. Es war ein für alle Seiten zufriedenstellendes Arbeitsverhältnis. Dick und Paul waren ehemalige Studenten einer psychiatrischen Ausbildungsstätte, an der Hildegard lehrte. Wie sie bemerkt hatte, gingen die beiden ganz ineinander auf, waren bestrebt, ihre Familienbande abzuschütteln, und interessierten sich nicht im mindesten für ihr Studium. Sie waren entzückt, ihre (nicht eben herausragenden) Kochkünste und ihre geschickte Haushaltsführung demonstrieren zu können. Sie verstanden sich gut mit Hildegard und auf kameradschaftliche Art auch mit Olivia, dem Dienstmädchen, das jeden Morgen zum Putzen kam. Dick und Paul machten die Besorgungen und berieten Olivia, wo sie ihre aufreizenden Kleider günstiger einkaufen konnte. Es war die friedliche Kulisse, vor der sich das Liebesverhältnis zwischen Hildegard und Jean-Pierre entfalten konnte. Nur die Bluttaten, mit denen Hildegard beruflich zu tun hatte, und die Erinnerung an die Vergangenheit beunruhigten sie.

Das Abendessen bestand aus einer undefinierbaren

braunen Fischsuppe, einer Mousse aus Spinat und Rahmkäse mit winzigen neuen Kartoffeln und Pfirsicheis mit Kirschsauce. Jean-Pierre und Hildegard verzehrten es dankbar, wenn auch nicht mit gebührender Aufmerksamkeit, sie waren eher beglückt über die Tatsache, daß sie bekocht und bedient wurden, als über das eigentliche Abendessen. Die jungen Männer, schlank, hochgewachsen, drahtig, räumten den Tisch ab und brachten ihnen den Kaffee ins Wohnzimmer. Zwar hatte man sich zu Beginn darauf verständigt, daß ihr Status sie dazu berechtige, sich zu den Mahlzeiten mit ihren Arbeitgebern Hildegard und Jean-Pierre an einen Tisch zu setzen, doch in Wahrheit zogen sie es vor, gemeinsam in der Küche zu essen, gelegentlich mit Freunden aus ihrer Studentenzeit. Jean-Pierre und Hildegard war das nur recht. So konnten sie offener miteinander reden.

Während der Mahlzeit erörterten sie jenes andere Abendessen mit Lucky im Bistro. Seinen Räucherlachs, gefolgt von Lammkoteletts, hatte er mit offensichtlichem Genuß verspeist.

»Nun ja, der Räucherlachs war sehr gut; auch die Lammkoteletts waren sehr gut zubereitet.«

»Was hältst du von ihm?«

»So wie er spricht, würde ich sagen, daß er Lucan ist und daß er langsam den Verstand verliert. Sein Gewissen regt sich. Er könnte jederzeit die Stimme Gottes vernehmen, die ihm eingibt, erneut zu morden.«

Walker fand sich in Jean-Pierres Werkstatt ein. Um diese Zeit, 10.30 Uhr, gab es keine Kunden. Jean-Pierre arbeitete gerade an einem Auge aus Plastik, das für eine Bildsäule vorgesehen war.

»Mein Name ist Walker.«

»Ich weiß, wer Sie sind.«

»Ich möchte mich mit Ihnen unterhalten«, sagte Walker zu Jean-Pierre.

»Ich habe kein Geld für Sie«, erwiderte Jean-Pierre.

Walker verließ die Werkstatt.

Hildegard war in ihrer Praxis und sprach mit dem Patienten namens Lucky.

»Eigentlich dürfte ich gar nicht hier sein«, erzählte ihr Lucky.

»Ich weiß. Wie lange kennen Sie Walker schon?«

»An die zehn Jahre.«

»Wie heißen Sie wirklich?«

»Das darf ich Ihnen nicht verraten.«

»Welchen Beruf haben Sie ausgeübt?«

»Ich war Theologiedozent.«

»Priester?«

»Ich bin in den Laienstand zurückversetzt worden.«

»Wie interessant! Weshalb wurde Ihnen das Priesteramt entzogen?«

»Ich hatte geheiratet«, antwortete er.

»Und jetzt? Wo steckt Ihre Frau?«

»Damit würde ich zuviel verraten«, erwiderte er.

»Ich glaube, Sie sind Lucan«, sagte Hildegard.

»Nein, das glauben Sie nicht.«

»Ganz wie Sie wünschen. Alle Anzeichen deuten darauf hin, daß Sie der Gesuchte sind.«

»Ich habe lediglich die Aufgabe, bei den Helfershelfern das Geld abzuholen. Lucan ist ein bekanntes Gesicht. Er könnte tot sein.«

»Weshalb schickt Walker Sie, um das Geld abzuholen?«

»Ach, manchmal holt er es auch selber ab. Aber ich habe mehr Ähnlichkeit mit Lucan.«

Sie musterte sein Gesicht. »Ja, irgendwie haben Sie recht. Aber irgendwie auch wieder nicht. Mag schon sein, daß Sie früher Priester waren. Im Ansatz haben Sie das typische Aussehen des Theologen, das man nie wieder los wird. Aber nur im Ansatz. Hören Sie, Lucky, Sie müssen sich mit einer Frage befassen. Vor etwa zehn, elf Jahren kannten Sie doch Heinrich Esk, einen Theologiestudenten an der Kirchlichen Hochschule in München?«

»Vor zwölf Jahren«, sagte er.

»Wie gesagt, ich habe einige Wunder gewirkt«, sagte Hildegard. »Das ist die reine Wahrheit.«

»Ohne Zweifel. Aber Sie waren eine Betrügerin. Eine Pseudo-Stigmatisierte. Heinrich hat mir alles erzählt. Er ist an Leukämie gestorben, wissen Sie.«

»Was wollen Sie von mir?« fragte Hildegard.

»Ich suche Rat. Wie ich Ihnen bereits sagte, habe ich meine Seele dem Teufel verkauft.«

»Und Sie möchten sie wiederhaben?«

»In der Tat.«

»Dann müssen Sie zunächst einmal mit Walker brechen«, sagte sie.

»Das dürfte schwierig sein.«

»Ich weiß. Aber ich kann Sie nicht beide als Patienten haben.«

»Ich glaube, es bleibt Ihnen keine andere Wahl.« Plötzlich holte Lucky ein kleines Päckchen hervor. »Das habe ich Ihnen aus Schottland mitgebracht«, sagte er und reichte Hildegard die kleine Schachtel.

»Sie haben in Schottland an mich gedacht«, sagte sie und öffnete unter vielen Ausrufen aufrichtigen Entzückens das kleine Päckchen mit dem Anhänger aus Kristallglas.

»Ich habe die ganze Zeit über an Sie gedacht«, erwiderte er.

»Gegenüber einer Analytikerin eine normale Reaktion. Und was genau haben Sie in Schottland getrieben?«

»Ich fürchte, das ist ein Geheimnis. Ihr anderer Lucan ist fuchsteufelswild, weil ich zu Ihnen gekommen bin. Dabei bin ich in den letzten fünfundzwanzig Jahren um die ganze Welt gekommen. Manchmal ist mir das Geld ausgegangen, und ich mußte mich als Verkäufer von Lehrbüchern über Presbyterianismus und Heilgymnastik betätigen. Ich war ein Gentleman für Gentlemen – ich hab's gut getroffen. Ich war Genealoge, der den Mormonen geholfen hat, ihre Ahnen zu erforschen – aber das war zu gefährlich, ich mußte Reisen nach London unternehmen. Schade, es war sehr lukrativ.«

»Und wie sind Sie Priester geworden?«

»Ich habe mich eine Zeitlang in einem Kloster versteckt gehalten.«

»Dadurch wird man doch nicht zum Priester.«

»Nein, nicht ganz. Ich bin mit einem steifen, weißen Kragen umhergelaufen.«

»Das meiste Geld, das für eine Psychoanalyse vergeudet wird«, sagte Hildegard, »geht dafür drauf, das Lügengespinst des Patienten zu entwirren. Ihre Zeit ist abgelaufen.«

»Bin ich Lucan?« fragte er. »Ich möchte, daß Sie wissen: Ich glaube an mich.«

8

Maria Twickenham, die sich von ihrem Ehemann getrennt hatte, zog die Männer scharenweise an, ermunterte sie jedoch nicht sonderlich. Marias Ruf war weder Gegenstand der Skandalpresse noch des Klatsches. Doch davon wußten die Kriminalbeamten nichts, die im November 1974 am Tag nach dem Mord an Lord Lucans Kindermädchen ihrem Haus einen Besuch abstatteten. Bei ihrer Schönheit und seiner Stattlichkeit konnten sie die Augen nicht vor der Möglichkeit verschließen, daß sie und Lord Lucan ein Liebespaar waren.

Am Morgen des Tages nach Lord Lucans Verschwinden also stand die Polizei vor Marias Tür. Einer der Beamten war uniformiert, die beiden anderen waren in Zivil. Da ihnen niemand aufmachte, kamen sie am Abend wieder. Ein Mann um die Vierzig öffnete.

Der Uniformierte sagte: »Guten Abend. Ist Mrs. Twickenham zu Hause?«

»Sie meinen meine Frau. Die ist in Südafrika. Ich bin Alfred Twickenham.«

»Könnten wir uns kurz mit Ihnen unterhalten, Sir?«

»Worüber?«

»Ich glaube, Sie und Ihre Frau waren mit Lord Lucan eng befreundet. Angesichts der Tragödie, die sich vergangene Nacht in seinem Haus ereignet hat, machen wir uns Gedanken über seinen Verbleib.«

»Was für eine Tragödie?« fragte Alfred.

»Ich dachte, Sie hätten davon gehört«, sagte der Polizist. »Die Nanny ist ermordet worden, seine Gattin schwer verletzt. Das Fernsehen hat darüber berichtet, und die Zeitungen sind voll davon. Sicher haben Sie davon gehört?«

»Ach ja, dunkel«, antwortete der Mann.

»Aber er war doch ein Freund von Ihnen. Dürften wir kurz hereinkommen? Wir sind von der Kriminalpolizei. Wir würden Ihnen gern einige Fragen stellen.«

»Ich kann Ihnen da nicht weiterhelfen. So eng waren wir auch wieder nicht befreundet.« Sie stapften ins Haus, und er fuhr fort: »Ich kenne Lucan nicht sehr gut.«

Alfred führte sie ins Speisezimmer, forderte sie aber nicht auf, Platz zu nehmen. Er stand da und wirbelte den Globus herum; seine kleine Tochter machte hier immer ihre Hausaufgaben. »Meine Frau kannte Lucan besser als ich«, sagte er.

»Kannte?«

»Nun ja, vermutlich kennt sie ihn immer noch. Aber vergessen Sie nicht, daß Lord Lucan Bakkarat spielt, wir beiden dagegen überwiegend Bridge. Ein gewaltiger Unterschied.«

»Angenommmen, ich würde Ihnen mitteilen, daß vergangene Nacht gegen elf Uhr gesehen wurde, wie in dieser Straße ein von ihm benutztes Auto parkierte?« sagte einer der Beamten in Zivil.

»Davon ist mir nichts bekannt. Meine Frau hält sich zur Zeit in Südafrika auf. Vielleicht weiß sie mehr über Lord Lucan.«

»Wann haben Sie Lord Lucan zuletzt gesehen?«

»Ich kann mich nicht erinnern.«

»Wenigstens ungefähr?« fragte einer der Männer.

»Ich kann mich nicht erinnern. Ich sehe so viele Menschen. Ich glaube, ich habe ihn vor einem Monat beim Pferderennen gesehen.«

»Und das ist das erste Mal, daß Sie von dem Mord und von dem Anschlag auf Lady Lucan letzte Nacht in der Lower Belgrave Street gehört haben?« Der Mann ließ seinen Blick über die polierte Anrichte mit dem Tafelsilber wandern, als erwarte er im Grunde keine ehrliche Antwort.

»Ich verfolge Mordgeschichten nicht weiter. Wie Sie sich vorstellen können, habe ich alle Hände voll zu tun. Ich verkaufe Milch.«

»Sie verkaufen Milch?«

»Ja, ich betreibe einen Milchkonzern.«

»Ach ja, richtig.« Einer der beiden anderen Polizisten kam ihm zu Hilfe. »Twickenham's Milchprodukte.«

»So ist es«, sagte Alfred.

»Aber geht es Ihnen nicht nahe, von einem Mord zu erfahren, der sich im Hause eines Ihrer Bekannten zugetragen hat? Wir suchen Lucan. Er ist verschwunden. Berührt Sie das denn gar nicht?«

»Es ist niederschmetternd. Aber er spielt Bakkarat und Poker, meine Frau und ich nicht. Wir haben schon immer Bridge gespielt.«

»Vielen Dank für Ihre Auskunftsbereitschaft, Sir.«

»Gern geschehen.«

Alfred war fest davon überzeugt, daß bereits die Telefonleitungen in seinem Haus und in seinem Büro überwacht wurden. Am folgenden Morgen hielt er vor den Army and Navy Stores an und telefonierte von einer Fernsprechzelle aus. »Hast du schon gehört?« fragte er den Mann am anderen Ende der Leitung. »Er ist auf dem Weg nach Caithness. Ja, du weißt schon, wo. Richtig. Ich rufe von einer Zelle aus an. Wenn er bei dir vorbeikommt... Natürlich, tu das. Ach, der arme Lucky!«

Um vier Uhr nachmittags holte Alfred seine Tochter von der Schule ab.

»Sollte dich jemand fragen, ob ich letzte Nacht Besuch hatte«, sagte der Vater, »würdest du ihn wohl bitten, sich um seine eigenen Angelegenheiten zu kümmern? Sonst nichts. Er soll sich um seine eigenen Angelegenheiten kümmern.«

»Ganz recht, Daddy«, sagte das Kind.

»Niemand hat das Recht zu fragen.«

»Ich weiß.«

Das Kind war es gewohnt, daß bei Vater ständig Freunde auftauchten. Die Mutter hatte aus der Ferne einen Prozeß wegen Unterhaltszahlungen angestrengt, und die Tochter war der festen Überzeugung, daß ihre Eltern jedes Recht und allen Grund hatten, ihr Privatleben für sich zu behalten. Ihre besten Schulfreundinnen, alle fünf, befanden sich in einer halbwegs vergleichbaren Lage.

»Warum habe ich das getan?« fragte sich Alfred in reiferen Jahren. »Warum habe ich seinen Aufenthaltsort verheimlicht? Warum? Und so viele von uns haben das gleiche getan. Warum? Die Polizei wußte sehr wohl Bescheid. An

Lucan war etwas Besonderes. Ich frage mich, ob wirklich er es war, den sie, wo auch immer, gesehen haben. Und falls ja, weshalb hatten seine Freunde das Gefühl, ihn decken zu müssen, wo doch, seien wir ehrlich, Blut an seinen Händen klebt?«

An seinen Händen klebte Blut. Auch an seinen Kleidern klebte in der Mordnacht Blut. Schließlich fuhr er doch nicht geradewegs nach Caithness, sondern zunächst zu einigen Leuten auf dem Lande, dann zu anderen und endlich nach Caithness, wo jemand anders den Wagen abstellte, den er in Newhaven geliehen hatte.

Maria Twickenham war auf eine Weise schön gewesen, die sich durch einzelne Züge weder erklären noch errechnen ließ. Sie war hochgewachsen und schlaksig, lang-, aber x-beinig; ihre zu lange Nase war leicht gekrümmt; ihr Mund, wenngleich schön geformt, eindeutig zu breit; ihre grauen Augen hatten zwar den richtigen Abstand, waren jedoch glanzlos und zu klein; ihr vollkommen glatter Teint zu teigig. Wie alle diese Einzelzüge eine Frau von auffallender Schönheit aus ihr machten, blieb unerklärlich.

Als Maria nach London zurückkehrte, um ihre Scheidung voranzutreiben, vernahm sie von ihrem Mann die Geschichte von Lucans Besuch. Er befürchtete, seine Tochter könnte ihr eine andere Version von Lucans Erscheinen, gefolgt von dem spannenden Besuch der Polizisten, auftischen.

Zu jener Zeit hielt Maria Alfreds Handlungen noch für normal. Doch jetzt, Jahrzehnte später, las Maria Twickenham in der Zeitung, der vermißte siebente Earl sei ein weiteres Mal »gesichtet« worden. Der Meldung zufolge war er dabei beobachtet worden, wie er im luxuriösen Garten eines britischen Obsthändlers in irgendeinem Kaff in Ostafrika in einer Hängematte lag. Anscheinend hatte er sich einem kosmetischen Eingriff unterzogen, war jedoch mit Hilfe eines computergefertigten Phantombilds noch immer zu erkennen. Der Reporter, der die Neuigkeit vermeldet hatte, war anderntags mit einem Fotografen zurückgekehrt, doch da hatte der Gejagte schon Lunte gerochen und die Flucht ergriffen. Im Haus konnte dem Journalisten niemand weiterhelfen. »Ein Weißer von etwa sechzig Jahren, der in einer Hängematte gelegen hat? Sie sind ja wohl nicht recht bei Trost. Den ganzen Morgen über sind hier Leute aufgekreuzt. Ich werde mein Haus in *Pilgers Einkehr* umbenennen. Um diese Jahreszeit findet normalerweise niemand hierher…«

Maria ließ die Jahre, die ihr Leben, ihre Persönlichkeit, ihr Aussehen, ihre Prinzipien nach und nach verändert hatten, noch einmal an sich vorüberziehen.

Für Maria war die Erinnerung an damals jener Pillbox mit dem Schleier vergleichbar, die sie unter ihren abgelegten Sachen gefunden hatte. Dieser Hut stammte aus den frühen siebziger Jahren, zuletzt hatte sie ihn beim Derby getragen. Jetzt konnte sie ihn nicht mehr aufsetzen, ebensowenig, wie sie akzeptieren konnte, daß ihr Mann Lucan gedeckt hatte. Eines wußte sie genau: Wäre es ihr zugestoßen, daß ein blutbefleckter Lucan vor ihrer Türe gestanden und ihr vorstammelt hätte, er sei am Souterrainfenster vorbeigekommen und habe gesehen, wie seine Frau von einem Mann angegriffen worden sei (eine vollkommen lächerliche Geschichte) – sie hätte ihn nicht gesäubert, ihm zu essen gegeben und ihn an die nächste Clique guter Freunde weitergereicht. Freundschaft? Ja, aber eine Freundschaft kann man auch zu stark belasten. Bis zu dem Punkt, an dem sie zerbricht – bei Mord oder Verrat. In jedem Menschen steckt ein anderer, bislang unbekannter Mensch – wie die Puppen in der Puppe.

Aber worin bestand der Unterschied zwischen damals und heute, fragte sich Maria. Mehr als ein Vierteljahrhundert war seitdem vergangen – darin bestand der Unterschied. Alfred hatte sich neu verheiratet, war gestorben. Es kam auf die Luft an, die man atmete. Gewohnheiten wandelten sich. Gemütsverfassungen wandelten sich. Kollektive Stimmungen wandelten sich. Mittlerweile galt das Hauptinteresse der sympathischen jungen Nanny aus der Arbeiterklasse, die ermordet worden war. Damals hatte Lucan im Mittelpunkt des Geschehens gestanden.

Marias Tochter Lacey, inzwischen in den Dreißigern, hatte als Teenager ihre Mutter auf ziemlich natürliche und spontane Weise zu beeinflussen begonnen. Nachdem sie das vernünftigste und bestrecherchierte Buch zum Thema Lucan durchgelesen hatte, meinte sie: »Wie hast du so eine Type nur kennen können? Was ist bloß in Daddy gefahren, daß er ihm zur Flucht verholfen hat? Aber wie hat er sich überhaupt mit ihm anfreunden können, mit einem so gräßlichen Snob? Außerdem, wer einmal gemordet hat, der könnte auch wieder morden, selbst wenn er nicht wegen Mordes angeklagt worden ist; die Beweislast im Falle Lucan ist erdrückend. Hatte denn keiner Mitleid mit der armen, hübschen Nanny? Waren wirklich alle der Überzeugung, es sei entschuldbar, daß er versucht habe, seine Frau umzubringen, nur weil er sie nicht mochte und weil er verhindern wollte, daß sie das Sorgerecht für die Kinder erhielt? War Lucan verrückt?«

Verhält sich jemand wiederholt irrational, so überlegte Lacey, kommt einmal der Augenblick, da sogar die besten, zärtlichsten Freunde sich eingestehen müssen, daß der Betreffende mehr oder weniger verrückt ist. Mit dem Wort »verrückt« ist ein ganzes Terrain an Geisteszuständen abgesteckt.

Marias Tochter, deren Hände, nachdem ihre eigenen Kinder das Teenageralter erreicht hatten, nicht länger gebunden waren, hatte vor, ein Buch zu schreiben. Menschen, die Bücher schreiben wollen, verspüren diesen Wunsch zumeist, weil sie der Meinung sind, es sei die leichteste Sache der Welt. Schließlich können sie lesen und schreiben, sie können sich Schreibgeräte wie Stifte, Papier, Computer, Kassettenrecorder leisten, und im allgemeinen haben sie, wenn sie zu diesem Entschluß kommen, eine einfache Erziehung genossen. Laceys Kenntnisse gründeten in der Hauptsache auf denen ihrer Mutter, auf der Tatsache, daß diese den verschollenen, wahrscheinlich verstorbenen Lord Lucan gekannt hatte. Lacey nahm den Stoß von Zeitungsausschnitten an sich, die ihre Mutter gesammelt hatte, und las sich durch sämtliche Artikel und Bücher über Lucky Lucan, deren sie habhaft werden konnte. Dann führte sie eine Reihe von Interviews mit Überlebenden aus seiner Bekanntschaft durch. Nicht viele waren bereit, sie zu empfangen, und die wenigen, die es taten, waren meist der Überzeugung, Lucan habe Selbstmord begangen, sei es, um seiner gerechten, sei es, um seiner ungerechten Strafe zu entgehen, je nachdem. Ein reizender Witwer, ein früherer Bekannter des verschollenen Earl aus Studienzeiten, war gesprächiger. Der Rentner lebte zurückgezogen in einem Haus aus Naturstein in Perthshire.

»Wenn ich die Uhr noch einmal zurückstellen könnte«, erzählte er Lacey, »würde ich die ganze Affäre einer gründlichen Untersuchung unterziehen. Ich würde das Geheimnis lüften.«

»Meinen Sie, daß damals nicht genügend unternommen wurde?« fragte Lacey.

»Und ob ich das meine. Es herrschte eine Art geistiger Lähmung, fast eine unbewußte Verschwörung, ihn davonkommen zu lassen. Er war ja nicht nur einfach ein Angehöriger der Aristokratie, ein prominentes Mitglied der Oberschicht, vielmehr hatte er sein Leben und alle seine Gepflogenheiten an jenem Leitsatz ausgerichtet, der lautete: Ich bin ein siebenter Earl, ich bin Aristokrat, daher kann ich tun, was mir beliebt, ich bin unberührbar. Nach dem Mord schüchterte er mit dieser Haltung einige Tage lang die Ermittlungsbeamten und seine Freunde gleichermaßen ein. Außerdem war es kein gewöhnlicher Mord, keine Erschießung, sondern ein furchtbar blutiges Gemetzel; seine Frau wurde mit klaffenden Kopfwunden ins Krankenhaus eingeliefert, ihrer Aussage nach waren sie ihr von ihm zugefügt worden. Freunde sahen, daß er auf der Hose Blutspritzer hatte, aber sie konnten oder wollten nicht glauben, daß er es war, der eine solche Gewalttat verübt hatte. In diesen ersten Tagen und Wochen gelang es ihm zu fliehen. Es gelang ihm kraft seiner hypnotischen Fähigkeiten. Ein ähnlich gelagerter Fall, vor Ihrer Zeit, war die Flucht der Verräter Maclean und Burgess. Maclean war ganz besonders standesbewußt, dabei stellte er eigentlich gar nichts vor. Doch als die Sache ans Licht kam, ließ sich jedermann im Foreign Office täuschen und war völlig handlungsunfähig. Die beiden entkamen dank ihrem Lebensstil, der alle hypnotisierte.«

Lacey hörte aufmerksam zu. Noch bevor Dr. Joseph Murray, so sein Name, seinen Vortrag beendete, faßte sie voller guter Hoffnung einen Plan.

»Sie sagten, wenn Sie die Uhr noch einmal zurückstellen könnten...«, setzte sie an.

»Ja, ich würde mich kopfüber in die Sache stürzen. Ich glaube, ich hätte ihn geschnappt. Die Polizei war zu begriffsstutzig. Die Freunde, die Lucan begünstigten, führten sie an der Nase herum. Diese Beamten waren Kriminelle aus der Unterschicht gewohnt, von der Straße und den Absteigen von Mayfair und Soho. So schlau und geschickt sie auch waren – die feinen Pinkel, die ihre Nachforschungen behinderten, zermürbten sie. Sie ließen sich nicht entmutigen, das nicht. Aber sie zauderten, waren ratlos. Als einer von Lucans Freunden während der Vernehmung ausrief: »Oje, und gute Kindermädchen sind doch so rar!«, nahm die Polizei das für bare Münze, faßte es als Gefühlsausbruch auf statt als geschmacklosen Witz.

»Noch ist es nicht zu spät«, meinte Lacey.

»Was?«

»Vielleicht können Sie ihn immer noch aufspüren«, sagte Lacey mit größter Begeisterung. »Ich möchte ihn ja nur interviewen. Der Polizei würde ich ihn nicht unbedingt ausliefern wollen. Ich glaube, er ist noch am Leben.«

»Vielleicht. Ich persönlich glaube an Gerechtigkeit, aber...«

»Wie könnte es in einem solchen Fall Gerechtigkeit geben?« fragte Lacey.

Joseph Murray lächelte ihr zu. »Natürlich, Sie haben ganz recht. Mit menschlicher Gerechtigkeit wäre diesem Verbrechen niemals beizukommen. All die Bücher und Artikel, die zu dem Thema abgefaßt worden sind, stimmen offenbar in einem überein: daß Lucan, wenn er denn Schuld auf sich geladen hat, schwere Schuld auf sich geladen hat. Ja, ich neige zu der Theorie – Sie finden sie in Marnhams Buch –, daß es einen Komplizen gegeben hat, einen professionellen Killer. Falls ja, läuft dieser Killer immer noch frei herum. Ich muß sagen, daß diese Theorie durchaus vertretbar ist. Wenn sie zutrifft, würden damit die letzten offenen Fragen beantwortet.«

»Wollen Sie mir dabei helfen, eine neue Suche zu starten?«

»O nein. Jetzt nicht mehr.«

»O doch. Jetzt, Dr. Murray«, sagte die hübsche Lacey. »Jetzt«, wiederholte sie.

»Nennen Sie mich Joe«, sagte er.

»Joe«, sagte sie. »Jetzt«, sagte sie.

Joe war der jüngste Sproß einer vermögenden Familie. Inzwischen war er in den Sechzigern, nicht zu groß und ziemlich schlank. Nach dem Tode seiner jungen Frau hatte der in Cambridge lehrende Dozent nie wieder geheiratet. Er war begeisterter Zoologe und hatte an vielen menschlichen Dingen außerhalb seines persönlichen Wirkungskreises ein nachgerade zoologisches Interesse. An Lucan interessierte ihn, wie er sich ausdrückte, die zoologische Seite. Was für eine Spezies war Lucan? In dieser Hinsicht war Joe um so neugieriger, als er mit Lucan befreundet gewesen war. Wie sehr er es bedauerte, mit Lucan keine längeren Gespräche geführt zu haben außer über Themen wie Bakkarat, Würfeln, Poker, Siebzehnundvier oder den Sieger im 15.30-Uhr-Rennen. Wenn er es sich recht überlegte, hatte er über Lucan eigentlich nie so richtig nachgedacht. Als der Skandal losbrach und Lucan sich nicht meldete, um seinen Namen reinzuwaschen, hatte Joe den Eindruck, Lucan könne auf eine Weise, die seinen Bekannten bisher verborgen geblieben war, in einem Ausmaß, das alles Menschliche überstieg, unberechenbar sein. Nun, dachte er, vielleicht ist das nur ein anderer Ausdruck dafür, daß der arme Lucan verrückt war. Außerdem war Lucan ein Diamant, und man konnte nicht gut erwarten, daß sich aus einem solchen Gegenstand etwas so Schönes und Wahres wie ein Kieselstein schleifen ließ.

»Wissen Sie«, bekräftigte Joe, »ich glaube, es muß einen Komplizen gegeben haben, einen professionellen Killer.«

»Wie kommen Sie darauf?«

»Ich kannte Lucan. Nicht sehr gut, aber doch hinreichend. Aus unserer Studentenzeit. Er hatte keine Phantasie, zumindest sehr wenig. Denken Sie daran, was er in der Mordnacht in seinen Briefen und Berichten an seine Freunde und im Telefongespräch mit seiner Mutter behauptet hat. Er sagte, als er an dem Haus in der Lower Belgrave Street vorbeigekommen sei, in dem seine Frau und seine Kinder wohnten, habe er vom Bürgersteig aus gesehen, wie seine Frau im Souterrain von einem Mann angefallen worden sei. Er sei ihr zu Hilfe geeilt und habe sich mit Blut beschmiert. Es geht darum, daß er einen Mann gesehen hat. Für jemanden mit mangelnder Phantasie wäre das eine natürliche Ausrede – *ein Mann.* Höchstwahrscheinlich war dieser Mann aber in Wahrheit jener Mann, der in seinem Gedächtnis haftengeblieben war – der Killer, der Komplize.«

»In der fraglichen Nacht ist der Polizei aber kein Mann ins Netz gegangen«, sagte Lacey. »Einen Komplizen hat man nicht gefunden. Im Souterrain brannte kein Licht, jedenfalls konnte man nichts von der Straße aus erkennen.«

»Die Polizei hat auch Lucan nicht gefunden. Überhaupt war sie von Anfang an ziemlich schwer von Begriff. Wenn Sie mir Ihre Notizen dalassen wollen und alle Zeitungsausschnitte aus der Zeit des Verbrechens, will ich mir ein paar Gedanken zu dem Thema machen. Meine Liebe, Sie bleiben doch noch auf einen Imbiß da? Meine Haushaltshilfe stellt mir mein Essen in die Mikrowelle, und für zwei reicht es allemal.«

Lacey nahm die Einladung an und machte es sich am Küchentisch bequem. Sie erzählte Joe, sie habe sich von ihrem Mann getrennt und warte auf die Scheidung; eigentlich sei keine der beiden Parteien schuldig, aber so sei es nun einmal. Joe sagte ihr, wie gut sie aussehe, vielleicht hübscher noch als ihre Mutter in ihrem Alter. Er erinnere sich noch sehr gut an Maria Twickenham, sie sei öfters vorbeigekommen und habe Lucan gekannt, »wenn auch nicht intim«. Aber wer hatte Lucan schon intim gekannt?

»Wer hat ihn schon wirklich gekannt?« fragte Joe. »Seine Frau? Seine Eltern?«

»Nur teilweise – keiner von ihnen hätte ihn ganz und gar kennen können.«

»Er hat schon vor dem Mord davon gesprochen, seine Frau umbringen zu wollen.«

»Nun ja, davon gesprochen... Die Leute reden öfter so daher. Das hat nicht unbedingt etwas zu bedeuten; eher im Gegenteil. Man könnte ja auch argumentieren, wenn er den Mord wirklich von langer Hand geplant hätte, so hätte er nicht davon gesprochen.«

»Ich möchte gern, daß Sie mit mir den Priester aufsuchen, den ich in meinem Brief erwähnt habe. Ist er immer noch in derselben Gemeinde tätig?«

»Pater Ambrose? Ja. Er hat mir eine Weihnachtskarte geschickt.«

»Wollen Sie mitkommen?«

»Ich weiß nicht so recht. Da ist auch noch Benny Rolfe.«

»Wer ist das?«

Benny Rolfe, ein wohlhabender Geschäftsmann, sei früher mit Lucan befreundet gewesen, erklärte Joe. Es sei das Gerücht gegangen, er habe Lucans Auslandsaufenthalte finanziert. »Sie dürfen nicht vergessen, daß Lucan, sollte er noch am Leben sein, sich in seinem Äußeren radikaler verändert haben könnte, als sich mit dem bloßen Verstreichen der Jahre erklären ließe. Vielleicht hat er sich einer ausgedehnten Schönheitsoperation unterzogen.«

»Aber woran würden seine Freunde ihn erkennen?«

»Das ist der springende Punkt. Sie würden damit rechnen, daß sie ihn eben nicht sofort erkennen; sie würden damit rechnen, daß er sich einer Gesichtsoperation unterzogen hat. Damit wäre die Bahn frei für einen Gauner, der sich als Lucan ausgibt, einem der Freunde einen – verständlicherweise kurzen – Besuch abstattet, ein paar allgemeine Bemerkungen macht, sein Geld abholt und das Weite sucht. Lucan könnte tot sein, während die Verschwörungen zur Umgehung des Gesetzes fortdauern. Eigentlich, meine Liebe, will ich damit nur sagen, daß Ihre Suche nach dem wahren Lucan vergebens sein könnte.«

»Käme man mit solchen Tricks denn durch?«

»Über Lucan ist soviel geschrieben worden«, sagte Joe, »daß selbst ein Laienschauspieler von schwachem Denkvermögen sich darin versuchen könnte. Er wäre in der Lage, noch das kleinste Detail aus der Vergangenheit herauszufinden. Ein unechter Lucan könnte völlig überzeugend wirken.«

»Offenkundig meinen Sie, daß Lucan tot ist«, sagte Lacey.

»Ich meine gar nichts. Ich habe zu dem Thema keine Meinung. Seine Freunde sind in der Frage, ob er sich gleich nach dem Mord umgebracht habe, gespalten. Ich würde sagen, die Chancen stehen fifty-fifty.«

»Wenn Sie ihm begegneten, würden Sie denn wissen...«

»Ob er echt ist oder ein Betrüger? Ja, ich denke schon. Vielleicht...«

»Dann wollen wir ihn suchen«, sagte Lacey mit einer solchen Begeisterung, der Begeisterung einer Amateurin, daß es Joe die Sprache verschlug. Er lächelte nur.

»Ist das so unsinnig?« fragte sie.

»Ja und nein. Ich muß sagen, wer nichts sucht, kann auch nichts finden. Die ganze Geschichte mit Lucan ist sowieso durch und durch surreal. Das einzig Handfeste daran sind der zerschundene Leichnam eines Mädchens in einem Postsack, die Kopfverletzungen seiner Frau, ihre Aussage, daß sie von ihm angegriffen wurde, und das Blut, das überall zu sehen war. Abgesehen von diesen physischen Details haftet Lucans Verschwinden etwas Surrealistisches an. Er war bereit unterzutauchen, um dem Bankrott zu entgehen; andererseits hatte er zahlreiche Freunde. Sie scheinen ihm treu geblieben zu sein, aus ihrem Standesbewußtsein heraus. Ich finde wenig Anhaltspunkte dafür, daß auch nur einer seiner Freunde, und mögen sie noch so sehr seine Helfershelfer gewesen sein, sich das geringste aus dem Menschen Lucan gemacht hat.«

»Mummy fand ihn ziemlich amüsant«, sagte Lacey. »Aber wissen Sie, sie hat mir erzählt, wenn sie die Uhr noch einmal zurückstellen könnte, würde sie es nicht gern sehen, daß Daddy Lucan deckt. Irgend etwas ist seitdem mit ihrem Gewissen passiert. Ist das auch anderen Menschen, die damals beteiligt waren, so ergangen?«

»Ach, bestimmt. Wir sind nicht mehr dieselben Menschen, die wir vor einem Vierteljahrhundert waren. Wir haben zwangsläufig andere Ansichten. Meiner Meinung nach handelt es sich um ein wirtschaftliches Phänomen. Wir können es uns nicht länger leisten, Snobs zu sein. Seit Lucans Zeit sind die Snobs stark an den Rand gedrängt worden. Nicht ausnahmslos. Benny Rolfe, der Lucans Wohltäter sein soll, ist ein Snob der alten Schule. Heute würden nur wenige Menschen Lucan und seine Anmaßungen so ernst nehmen, wie sie es damals in den Siebzigern taten. Ich könnte mir denken, daß selbst Benny Rolfe den Earl allmählich satt hat – wenn er denn noch lebt.«

9

Auf der Straße nach Caithness wunderten sich Joe und Lacey darüber, daß sie beide das Gefühl hatten, sich schon ihr Leben lang zu kennen.

»Mit Ihnen fühle ich mich wieder jung«, sagte er.

Das hörte sie gern. Eigentlich rechnete sie kaum damit, den schwer faßbaren, vielleicht gar nicht existierenden Earl aufzuspüren. Was sie erregte, war die Aussicht auf eine Jagd und dieser verheißungsvolle und erfreuliche Anfang. Inzwischen befanden sie sich auf dem Weg zu einem Landsitz im hohen Norden Schottlands, von dem sie bislang nur gehört hatten. Sie nahmen an, daß Benny Rolfe, der Besitzer, höchstwahrscheinlich außer Haus war. Er hielt sich ohnehin kaum je darin auf. Vielleicht war es um so günstiger, die Haushälterin und den Hausdiener zu befragen, die, wie Joe wußte, auf Lebenszeit dort wohnen durften. Falls jemand wie Lucan Benny besucht hatte, würden diese Leute es wissen. Natürlich würden sie nicht mit der Sprache herausrücken wollen. Jedenfalls nicht richtig. Aber es gab verschiedene Arten, nicht mit der Sprache herauszurücken, und irgendwie mochte schon noch etwas durchsickern.

»Natürlich dürfen wir ihnen keine direkten Fragen stellen«, sagte Joe.

»Nein, ich gebe zu, das wäre verhängnisvoll.«

Um sie her ragten schöne, hohe, steile Berge auf. Das war die Natur des Nordens, ein Landstrich, der abweisend, verhalten, fremd, kalt und stolz wirkte. Düster zogen die Wolken dahin, dazwischen Flecken weißen Lichts. Sie fuhren weiter, nach Norden, nach Norden.

Ja, hoch oben im Türmchen brannte ein Licht. Auf die Türklingel, eine altmodische Zugglocke, deren schriller Ton durchs Haus schallte, reagierte niemand. Zehn Minuten lang warteten sie auf der Auffahrt, im Dunkeln.

Joe holte eine Taschenlampe aus seinem Wagen und begann herumzustreifen, während Lacey stehenblieb und ihren Mantel enger um sich zog. Sie blickte zu dem Licht im gotischen Turm auf. Plötzlich hörte sie schlurfende Schritte, und im nächsten Augenblick ging die Tür auf, und ein greller Lichtschein ergoß sich ins Freie.

Joe fand sich rasch wieder ein.

»Ja?« fragte ein Mann.

»Ist das nicht der Landsitz von Mr. Benny Rolfe?«

»Dies ist Adanbrae Keep. Waren Sie das, die angerufen hat?« fragte der Mann. Er war mittleren Alters, hatte rote Haare und einen Bart und trug den Kittel eines Faktotums. »Ich dachte, Sie würden früher kommen, hatte schon gar nicht mehr mit Ihnen gerechnet. Sie wissen ja, daß Benny nicht hier ist. Kommen Sie herein, wenn Sie mögen. Kommen Sie herein und nehmen Sie Platz.«

Die Eingangshalle von Adanbrae Keep wirkte einladend, die Sesselbezüge waren aus Chintz und sahen neu aus. Der Mann hielt einen Anzünder ans Kaminfeuer, das gehorsam aufflammte.

»Benny hält sich in Frankreich auf«, sagte er. »Nehmen Sie Platz. Möchten Sie eine Tasse Tee? Mein Name ist Gordon.«

»Ja«, sagte Joe.

»O ja, gern«, sagte Lacey.

»Wohnen Sie ganz allein hier?« fragte Joe.

»Nein, nein. Da ist noch der Stallbursche, Pat Reilly, und mein Gärtner Jimmy – er ist gerade fort, um in der Golf Tavern auszuhelfen und sich etwas dazuzuverdienen –, und da ist Mrs. Kerr. Sie ist auf ihrem Zimmer, aber sie wird noch nicht zu Bett gegangen sein. Falls Sie sie kennenlernen möchten, kann ich sie holen gehen. Ich setze nur eben das Wasser auf.«

»Ich würde Mrs. Kerr gern sehen«, sagte Lacey, als er aus dem Saal gegangen war.

»Wir haben kein Recht, sie in Beschlag zu nehmen«, sagte Joe. »Benny würde das gar nicht gefallen. Er würde uns für furchtbar unhöflich halten. Es ist in Ordnung, kurz vorbeizuschauen, aber wir dürfen uns nicht den Anschein geben, als wollten wir herumschnüffeln, sie aushorchen oder dergleichen.«

»Ich würde sie gerne aushorchen«, entgegnete Lacey.

In diesem Augenblick kam eine kleingewachsene, dunkelhaarige Frau um die Vierzig mit einem breiten Lächeln auf den rotgeschminkten Lippen die Treppe herab. »Ich bin Betty Kerr«, stellte sie sich vor. »Ich habe Sie kommen hören. Wir hatten schon gar nicht mehr mit Ihnen gerechnet. Werden Sie in der Gegend übernachten?«

Sie trug einen rosafarbenen Lockenwickler im Haar, den sie vermutlich übersehen hatte. Sie setzte sich auf einen der Polstersessel. Joe nannte ihr den Namen des Hotels, in dem sie ein Zimmer für die Nacht reserviert hatten, und sie drückte ihre Zustimmung aus.

»Da Mr. Rolfe nicht zu sprechen ist, wollten wir nur kurz vorbeischauen«, sagte Lacey. »Wir haben es überall versucht, wir wollen jemanden ausfindig machen, der kürzlich hier gewesen sein könnte. Einen alten Freund von Dr. Murray – meinem Begleiter hier –, mit dem wir uns gerne in Verbindung setzen würden.«

»Wie heißt er denn?« fragte Betty Kerr.

Gordon der Rote kam herein. Er trug ein Tablett mit Teetassen, einer Kanne Tee und einem Kännchen Milch.

»Lucan«, antwortete Joe.

»Nein, ich weiß von keinem Lucan«, sagte Betty Kerr. Sie schenkte den Tee ein und reichte ihn dem Paar. Das war ein verheißungsvoller Besuch, das gefiel ihr. »Hat er Golf gespielt? Einmal war ein Gentleman hier, der Golf gespielt hat. Aber nein, der hieß nicht Lucan. Ein kleiner Mann mit einer Tasche voll alter Golfschläger wie von vor vierzig Jahren. Gordon mußte seinen Mashie mit Schmirgelpapier reinigen.«

»Nein, der alte Studienfreund, den ich zu kontaktieren versuche, ist hochgewachsen.«

Gordon konnte sich nicht entscheiden. »Es könnte der Gentleman sein, der vor etwa drei Wochen zum Dinner kam. Er hat die Nacht hier verbracht. Ich glaube, Benny hat ihn mit ›John‹ angeredet. Warten Sie, ich schaue mal im Buch nach.«

Das Gästebuch stand auf einem Lesepult neben einer verschlossenen Tür, die zum Salon führte. Joe ging mit

Gordon hinüber, und sie studierten die aufgeschlagene Seite. »Niemand hier, er hat sich überhaupt nicht eingetragen, der Mann, den ich meine«, sagte Gordon. »Es kommen nur sehr wenige Besucher, insofern müßte er auf dieser Seite stehen.«

Neugierig geworden, blätterte Joe ein paar Seiten zurück. Zwar erkannte er einige der Namen, doch der von Lucan befand sich nicht darunter. »Lucans zweiter Vorname lautet John, und als er Student war, wurde er im allgemeinen auch so genannt. Aber das hat nichts zu sagen, John für sich allein – das könnte jeder beliebige sein.«

»Ein hochgewachsener Mann mit weißen Haaren, in den Sechzigern, kantiges Gesicht«, sagte Gordon hilfsbereit. »Gut in Form, würde ich sagen. Aber ich habe nicht weiter auf ihn geachtet.«

Sie kehrten wieder zum Kamin zurück. Joe war sich bewußt, daß die Beschreibung auf Lucan zutreffen mochte, so wie er heute aussah.

Joe und Lacey war klar, daß sie lange genug gebohrt hatten. Keiner von ihnen legte es darauf an, so offenkundig hinter Bennys Rücken vorzugehen. Joe hatte Lacey bereits gesagt, daß er Benny ein paar Zeilen schreiben wollte, um seine Suche nach Lucan zu erklären. »Schließlich ist die Suche legitim«, hatte er Lacey gegenüber bemerkt.

Jetzt sagte er: »Na, dann vielen Dank, Gordon, und auch Ihnen, Mrs. Kerr.«

»Ich hoffe, wir haben Sie nicht gestört«, sagte Lacey.

»Geben Sie acht. Fahren Sie langsam«, erwiderte Betty Kerr. »Sie hätten auch zum Essen bleiben können, allerdings haben wir nicht viel im Haus. Anders als damals, als dieser Gentleman hier war. Zwei Tage hintereinander Räucherlachs und Lammkoteletts.«

»Räucherlachs und Lammkoteletts...?«

»So ist es. Benny hatte sie eigens für ihn bestellt. Sein Lieblingsgericht.«

Als sie am nächsten Morgen weiter nach Norden fuhren, war Joe ausgesprochen optimistisch. Sie hatten bereits die letzten Worte des Dienstpersonals von Adanbrae Keep gefeiert, doch Joe wollte das Thema nicht fallenlassen. Es war, als hätten sie wider Erwarten eine Wette gewonnen.

»›Bei zwei Mahlzeiten hintereinander Räucherlachs und Lammkoteletts serviert...‹ Benny kennt Lucans Vorlieben. Was für ein Narr Lucan doch ist, daß er sich mit dieser Eigentümlichkeit verrät; mit seiner ausgefallenen Vorliebe für Räucherlachs und Lammkoteletts, tagaus, tagein, über Jahre hinweg. Es muß Lucan gewesen sein.«

»Oder jemand wie er, der anhand der Presseberichte seine Lebensweise studiert hat«, meinte die scharfsinnige Lacey. »Und Benny Rolfe würde davon ausgehen, daß er sein Gesicht chirurgisch verändert hat.«

Die Landschaft war rauh und flach, und darüber spannte sich ein perlfarbener Himmel. Sie schienen geradewegs in diesen Himmel hineinzufahren. Das erst jüngst gestiftete Kloster St.-Columba lag außerhalb eines stillen, beinahe verlassenen, aber gepflegt wirkenden Dorfes aus Naturstein.

Ein bebrillter junger Laienbruder hieß sie einen Augenblick warten. Joe hatte von unterwegs angerufen. Und siehe da, wie durch ein Wunder erschien Pater Ambrose, umweht von seinem schwarzen Habit. Man konnte von weitem nicht erkennen, ob er dünn war oder dick. Er hatte die Form einer aufgebauschten Pyramide. Sein kleiner, weißhaariger Schädel auf dem Scheitelpunkt sah aus, als habe irgendein Feind ihn dort als Kriegstrophäe aufgepflanzt. Unter seiner Ordenstracht ragten zwei riesige dunkelblaue Joggingschuhe hervor, mit denen er auf sie zugewalzt kam. Während er den kalten Kreuzgang entlangeilte, las er augenscheinlich in seinem Brevier; seine Lippen bewegten sich. Offenbar glaubte er nicht an Zeitverschwendung und wollte, daß alle Welt es wußte. Als er bei Lacey und Joe anlangte, schlug er sein Buch zu und strahlte sie an.

»Joe!« sagte er.

»Ambrose, wie steht's? Und wie geht's dir in deinem neuen Zuhause? Das ist Lacey, die Tochter von Maria Twickenham. Du erinnerst dich doch noch an Maria?«

»Aha. Freut mich. Wie geht's Maria?«

Sie folgten ihm in ein blitzblankes Empfangszimmer; es roch scharf nach Putzmitteln.

Ambrose war sehr von sich überzeugt. Ob innere Berufung oder nicht, Ambrose hatte sein Leben so eingerichtet, daß er keine Herausforderungen zu fürchten brauchte, und wenn, dann waren es nur allerflachste Fallgruben. Er konnte schwerlich irren, denn dafür gab es keinen Spielraum. Sein besonderes Geschick bestand darin, Spenden aufzutreiben.

»Du wolltest etwas über Lucan erfahren«, sagte Ambrose.

»Ja, wir suchen ihn.«

»Ein ganzes Vierteljahrhundert hat man nach ihm gefahndet. Ich habe dir die Zeitungsausschnitte herausgeholt. Ich muß gleich wieder gehen, aber ihr könnt hierbleiben und sie durchlesen.« Er war zu einer offenen Glasvitrine hinübergestapft und legte ihnen jetzt ein dickes Paket auf den Tisch. Unterdessen kam der junge Laienbruder herein und brachte ein Tablett mit dünnem Milchkaffee und trockenen Keksen. Er stellte es auf den Tisch und zog sich zurück. Wie ein Schatten, der sich auflöste.

Genau über dem Empfangszimmer, in dem sich Joe und Lacey an die Durchsicht der Zeitungsausschnitte machten, befand sich eine Schlafkammer, eine einfache 2 mal 2,5 Meter große Klosterzelle, deren zweiflügeliges Fenster auf die weite Ebene hinausging.

Es klopfte an der Tür, und ohne eine Antwort abzuwarten, schwebte, der da angeklopft hatte – Ambrose –, wortlos herein. Er hatte den Zeigefinger an die Lippen gelegt.

»Sag nichts«, sagte Ambrose. »Keinen Ton. Lucan, du mußt fort.«

»Warum, was ist los?«

»Sprich leiser. Dir sind zwei Leute dicht auf den Fersen. Ich sage dicht. Sie sind schon hier im Kloster, im Empfangszimmer unter uns.«

»Hier? Mein Gott, haben sie denn einen Haftbefehl?«

»Nein, sie sind nicht von der Polizei, Lucan, sie sind viel schlimmer. Joe Murray mit der Tochter von – rate mal! – Maria Twickenham. Sie heißt Lacey. Ja, Marias Tochter, ihrer Mutter wie aus dem Gesicht geschnitten. Anscheinend haben sie nichts anderes zu tun, als dich zur Strecke zu bringen. Lacey schreibt ein Buch über dich.«

»Herr im Himmel, Marias Tochter!«

Wieder legte Ambrose den Finger an die Lippen. »Deine einzige Rettung ist Schweigen.« Er erklärte, das Paar sei mit einem dicken Packen Zeitungsausschnitte beschäftigt.

»Über mich?«

»Natürlich über dich. Ich will nicht, daß sie Verdacht schöpfen. Ich habe ihnen meine ganze Sammlung dagelassen.«

»Aber das wird ihnen zugute kommen, Ambrose.«

»In der Zwischenzeit kannst du dich auf den Weg machen.«

»Wohin?«

»Halte dich in östlicher Richtung, Lucan, und ich werde sie schon irgendwie nach Südwesten ablenken. In Kirkhill findest du ein Bed & Breakfast. Es würde ihnen nie in den Sinn kommen, dich in so einem kleinen Nest zu vermuten.«

Zwanzig Minuten später beobachtete Lacey, wie der Laienbruder einen schwarzgewandeten Mönch mit einer bauchigen Reisetasche zu einem hellfarbenen Kombi geleitete. Sie schüttelten einander die Hände, und der Wagen fuhr davon. Lacey schaute wieder auf ihre Ausgabe einer Londoner Zeitung, die einen nicht sehr aussagekräftigen Artikel über Lucan enthielt. Plötzlich sagte sie: »Wissen Sie, das wäre ein gutes Versteck für Lucan. Können Sie diesen Zeitungsausschnitten irgend etwas entnehmen? Ich nicht. Mir kommt's vor, als kenne ich sie alle schon.«

»Für mich sind sie ziemlich neu«, erwiderte Joe. »Wenn es Ihnen nichts ausmacht, liebe Lacey, hätte ich nichts dagegen, noch eine halbe Stunde weiterzulesen.«

»Nein, natürlich nicht.« Sie spürte, wie sehr er ihr verfallen war, und dachte bei sich, daß eine Affäre mit ihm keine schlechte Idee wäre.

Die Tür ging auf, und Ambrose kam hereingeschwebt.

»Wie kommt ihr voran?« Er befingerte einen Stapel mit Zeitungsausschnitten. »Wie sonderbar sich Lucan heute fühlen muß, falls er noch am Leben ist«, sagte er. »Nach allem, was ich von ihm weiß, drehen sich alle seine Gedanken die ganze Zeit über nur darum, der Festnahme zu entgehen; jeder Tag, jeder Schritt, jeder Kontakt mit der Außenwelt, alle seine Bekannten – alles, alles dreht sich nur um diesen einen Vorsatz, sich der Festnahme zu entziehen.«

»Es muß ihn quälen, was er getan hat«, meinte Lacey.

»Ihn doch nicht«, entgegnete Joe.

Ambrose beteiligte sich an dem Gespräch im Brustton der Überzeugung, der ihn beinahe verraten hätte. »Aber nein, er denkt nicht an den Mord«, sagte er. »Wo immer er sich aufhält, wer immer er jetzt ist, er denkt nur an Flucht.«

»Haben Sie ihn denn gesehen?« fragte Joe.

»Da bin ich mir nicht sicher. Es gibt da Doppelgänger.«

»Na wie ehrenhaft«, sagte Lacey.

»Und was...«, setzte Ambrose an, während er es sich, so gut er konnte, an dem mit Zeitungsausschnitten übersäten Tisch bequem machte. »Was, Lacey, hat Sie bewogen, sich an diesem, eh, Männerfang zu beteiligen?«

»Ich werde ein Buch schreiben.«

»Und Sie glauben, daß Sie ihn finden werden, wo alle anderen – die Presse, die Polizei und wer weiß noch – gescheitert sind? Seit fünfundzwanzig Jahren ist er zwar ›gesichtet‹, aber nie gefunden worden.«

»Wie faszinierend«, sagte Joe. »Ich möchte Lacey nach besten Kräften helfen.«

»Würdet ihr die Polizei einschalten, wenn ihr ihn fändet?« fragte Ambrose.

»Ja«, antwortete Lacey. »Nein«, antwortete Joe gleichzeitig.

Sie mußten lachten. »Ich finde, er hat eine Menge durchgestanden«, meinte Joe. »Er hat einen Fehler begangen.«

»Ja, aber er hatte die feste Absicht, seine Frau umzubringen«, sagte Lacey. »Den Vorsatz hatte er. Welche von beiden er umgebracht hat, ist im Grunde unwesentlich. Er hatte davon geredet, seine Frau ermorden zu wollen.«

»Was die Leute nicht alles reden«, erwiderte Ambrose. »Es war eine schreckliche, eine gräßliche Angelegenheit, daran besteht kein Zweifel.«

»Wie kommt es«, fragte Lacey, »daß die meisten Menschen – diejenigen, die ihn nicht so gut kannten, ebenso wie seine Freunde und Bekannten – nicht im entferntesten daran glaubten, daß er sich das Leben nehmen würde? In der Mordnacht fuhr er herum, suchte Freunde auf, telefonierte mit seiner Mutter und schrieb einige Briefe an seine Freunde. Anweisungen zu überzogenen Konten, verworrene Erklärungen, die Mitteilung, daß er erst einmal untertauchen wolle, aber kein Lebewohl, kein Hinweis darauf, daß er sein Leben beenden wolle, und keine Reue, nicht ein Wort des Bedauerns über den Tod der jungen Sandra, der armen, jungen Sandra. Ja, wenn ich ihn morgen träfe, würde ich die Polizei verständigen.«

»Und du, Ambrose?« fragte Joe.

»Ach, du weißt schon, wie es in meinem Gewerbe zugeht«, antwortete der Priester und ließ es dabei bewenden.

Sie waren auf dem Weg nach Süden und froh, das Flachland des Nordens, den perlgrauen Himmel voll düsterer Regenwolken und krächzender Seevögel hinter sich zu lassen.

Lacey hatte einen Stoß Zeitungsausschnitte bei sich – alles in allem etwa dreißig –, die Ambrose für sie hatte fotokopieren lassen. Er war so darauf bedacht gewesen, das Paar loszuwerden, daß er sich nicht einmal erboten hatte, sie in dem doch recht neuen Klosterbau herumzuführen.

»Der Mann, den wir suchen, ist dumm, aber gerissen«, sagte sie.

»Wie wahr. Man könnte fast annehmen, Sie hätten ihn so gut gekannt wie ich, Lacey. Er war dumm und fad. Immer mußte man ihn aus der Reserve locken. Allerdings, wenn es einem gelang, ihn aus der Reserve zu locken, konnte er mitunter recht amüsant sein.«

»Aber nicht klug.«

»O nein, klug nicht. Er hatte einen Hang zum Glücksspiel. Am Ende verlor er stets, aber er besaß physische Präsenz, so daß ein Spielkasino ihn als Bereicherung ansah, weil er die Neulinge anstachelte und so.«

»Würden Sie ihn erkennen?« fragte Lacey.

»Nein, ich glaube nicht. Wenigstens nicht von vorne, wegen der Gesichtsoperation. Aber vielleicht von hinten, wissen Sie. Sein Wuchs, seine Körperbewegungen, sein Gang. Also, wenn wir ihn finden, was werden Sie tun?«

»Ein Interview verabreden.«

»Dazu würde er sich nie hergeben.«

»Vielleicht würde er sich dazu hergeben müssen«, sagte Lacey. »Oder damit rechnen aufzufliegen.«

Joe antwortete nicht. Offenbar hat sie alles durchdacht, dachte er, sowohl in romantischer wie in praktischer Hinsicht. Warum schreibt sie das Buch nicht einfach? Ein Buch über Lucan. Warum sich mit Lucan selbst abgeben?

Lacey fuhr fort: »Sehen Sie, ich werde ihm ein Geschäft vorschlagen.«

»Ich dachte, Sie wollten, daß er verhaftet und vor Gericht gestellt wird«, sagte Joe.

»Eigentlich ja«, antwortete sie. »Weil ich ihn für schuldig halte.«

»Ach, da können Sie nie sicher sein. Soweit ich mich an ihn erinnere, weiß man bei ihm nie, woran man ist. Obwohl ich mir anfangs nicht viel aus ihm gemacht habe, ist er mir, wie gesagt, ziemlich ans Herz gewachsen.«

Sie schwiegen eine gute Weile. Dann sagte Lacey plötzlich: »Ach, du meine Güte!«

»Was ist?« Er bremste ab.

»Haben Sie vom Fenster aus den Mönch gesehen, der in den Kombi einstieg? Er hat sich von dem Laienbruder verabschiedet. Dann ist er davongefahren.«

»Ja, ich habe auch gerade aus dem Fenster geschaut.«

»Das könnte doch nicht etwa Lucan gewesen sein?«

Joe dachte einen Moment nach. »Ich habe ihn nur von hinten gesehen. Ja, er hätte es sein können. Der Körpergröße nach. Aber jeder andere mit dieser Köpergröße und in diesem Alter könnte wie Lucan aussehen.«

»Wäre es nicht natürlich für ihn gewesen, von Benny

Rolfes Haus geradewegs zu Ambrose zu fahren? Von Adanbrae Keep ist er früh aufgebrochen, vielleicht, um schnurstracks zu Ambrose, seinem alten Kasinofreund, zu gelangen?«

»Sehr wahrscheinlich«, erwiderte Joe. »Und wenn ich recht darüber nachdenke, könnte es sich bei diesem Mann um Lucan handeln.«

»Wir sollten keine voreiligen Schlüsse ziehen«, sagte sie. »Seien Sie auf der Hut, Joe. Von hinten könnten Dutzende von Männern wie Lucan aussehen.«

»Es war ein Kombi«, sagte er wie benommen.

»War es ein Ford?« fragte sie.

»Das weiß ich natürlich nicht. Es könnte einer gewesen sein, aber beschwören kann ich's nicht.«

»Ich auch nicht.«

»Er könnte über Nacht in St. Columba geblieben sein. So etwas würde er bestimmt tun.«

»Aber Pater Ambrose wußte nichts davon«, sagte Lacey.

»Ambrose ist ein Lügner. Er ist schon immer verschlagen gewesen. Alle zwanghaften Spielernaturen sind Lügner.«

»Der Prior eines Klosters?«

»Ich halte es für möglich«, sagte Joe, »daß ein Mann ein frommer Mensch und zugleich ein zungenfertiger Lügner ist. Vielleicht versucht er, jemanden zu schützen.«

Inzwischen waren sie schon in Easter Ross. Der Verkehr schien aus der Landschaft hervorzuquellen, und sie hielten vor einem kleinen Hotel am See an.

Jener Lucan, den der Laienbruder im Kloster St.-Columba zu seinem Wagen gebracht hatte, war der Lucky genannte.

Da er nach Osten dirigiert worden war, hatte er beschlossen, nach Süden zu fahren. Falls Joe Murray und Maria Twickenhams Tochter seine Spur verfolgten, wollte er sie im Auge behalten.

Nach Süden, nach Süden. Lucky Lucan hielt auf den Flughafen zu.

Er war sich nicht sicher, wie weit er Ambrose trauen konnte. Hatte er ihm das Paar auf die Fersen gesetzt? Hatten sie ihn erkannt, als er, auf so entsetzlich auffällige Art, über den Hof zu dem geliehenen Kombiwagen gehastet war? Ambrose hatte gesagt, das Paar habe sich im Empfangszimmer aufgehalten und sei in die Zeitungsausschnitte vertieft gewesen. Die beiden wollten ein Buch über ihn schreiben. Weshalb hatte Ambrose Zeitungsausschnitte über den Fall Lucan aufbewahrt? Benny Rolfe, überlegte Lucan, war unbesonnen, furchtsam. Er hätte ihm das Geld überweisen lassen sollen, statt ihn dazu zu zwingen, es auf diese ausgefallene Weise persönlich abzuholen. Aber Benny hatte Angst davor, als Komplize gefaßt zu werden. Keinen Schneid, der Mann. Lucan beschloß, irgendwo in der Nähe von Inverness ein Rasthaus zu finden. Wahrscheinlich würden sie daran vorbeikommen. Er würde bis zum nächsten Morgen warten, sich einen anderen Wagen mieten und ihnen, wenn möglich, folgen.

Wie vorauszusehen war, verzögerten Joe und Lacey ihren Aufbruch vom The Potted Heid, um miteinander ins Bett zu gehen. Ihre Reisetaschen stellten sie erst nach zehn Uhr morgens unten ab und warfen einen Blick in den Frühstücksraum des überteuerten und freudlosen Hotels. Die

Frühstückszeit war eindeutig vorbei. Als Kaffee setzte man ihnen ein undefinierbares Gelabber vor, das auf die Untertasse schwappte. Auf dem Tisch stand ein halbgefüllter Aschenbecher. Lacey, die bester Laune war, zeigte ihn dem mürrischen Kellner, der sie überhaupt nicht beachtete. Sie gingen zur Rezeption, um die Rechnung zu bezahlen. Man sagte ihnen, Joes Kreditkarte funktioniere nicht. Danach auch Laceys nicht. Joe erwiderte: »Wollen wir doch mal sehen!« und rückte das magnetische Lesegerät auf eine ebene Oberfläche, wo es funktionierte. Seine Karte wurde akzeptiert. Sie waren ohnehin gehobener Stimmung, standen sie doch vor dem großartigen Anfang einer Liebesbeziehung, frei und voller Unternehmungsgeist, ohne vertrackte Hindernisse.

Die Hügel, Täler, Seen paßten zur Stimmung der Verliebten. Das Wetter war schön, Wolken und Sonnenschein wechselten einander ab und ergaben einen eindrucksvollen Effekt.

Hinter Inverness machten sie Mittagspause in einem hübschen Pub, Muir's Cairn, diesmal eine gute Wahl. Ob Lucan ihnen wohl vorausgefahren war? Vor dem Pub waren etwa zehn Autos abgestellt, zwei davon weiß, ein mittelgroßer Renault und ein geräumiger Ford. Drinnen war es warm, an den Tischen und an der Theke saßen ziemlich viele Leute. Man wies ihnen einen Fenstertisch mit schönem Blick an.

»Jetzt wollen wir die Gäste mal unter die Lupe nehmen«, sagte Lacey. Joe spähte bereits über den Rand der Speisekarte.

Keine Spur von einem Mann, der auch nur im geringsten jenem Mönch mit dem Kombi ähnelte. Von ihren Sitzplätzen aus konnten sie allerdings nicht alle Leute an der Theke erkennen, die sich bis in den eigentlichen Schankraum erstreckte.

Lacey blickte aus dem Fenster hinter ihr. Es hatte ganz plötzlich zu regnen begonnen. Zwei oder drei Leute und ein Paar gingen auf ihre Autos zu. Ein Mann zog ihre Aufmerksamkeit auf sich. Er streifte eine dunkelgrüne, wasserdichte, kurze Jacke über und stieg in ein weißes Auto. Zwar war es nicht der Kombi, nach dem sie Ausschau hielten, doch Lacey kam der Gedanke, daß der Mann, den sie für Lucan hielten, den Wagen gewechselt haben könnte. Zwischen Caithness und Inverness hätte er das bewerkstelligen können, und einem Mann von Lucans Wendigkeit wäre so etwas gewiß nicht schwergefallen. Sie machte darüber eine Bemerkung zu Joe. Er seinerseits äußerte, je weiter sie nach Süden führen, desto unwahrscheinlicher sei es, daß sie ihren Mann wiederfinden würden.

»Und außerdem ist er vielleicht von Bennys Haus aus direkt nach Süden gereist«, sagte Joe.

»Aber du weißt doch, daß Betty Kerr gesagt hat, er sei nach Norden gefahren. Das könnte heißen, zum Kloster. Meiner Mutter zufolge stand er Ambrose in jüngeren Jahren sehr nahe«, meinte Lacey.

Auf der Speisekarte gab es Räucherlachs und auch Lammkoteletts. Joe wies sie darauf hin. »Hört sich gut an«, sagte Lacey. »Das nehme ich.« Die Leute an den Tischen ringsum bekamen vor allem Fish & Chips oder hohe, mit Mayonnaise überzogene Salatberge serviert.

Auch Joe wählte Räucherlachs, gefolgt von Lammkoteletts, vor allem aus Liebe zu Lacey. Er hatte sich Hals über Kopf in die reizende junge Frau verliebt, so daß es ihn nicht kümmerte, was er aß. Es kümmerte ihn auch nicht, ob sie Lucan finden würden, außer daß er Lacey glücklich machen wollte.

In der echt empfundenen Glut ihrer neuen Liebe schenkten sie dem Kommen und Gehen der anderen Gäste nicht ihre volle Aufmerksamkeit. Doch als ihnen ihr Hauptgericht vorgesetzt wurde, Lammkoteletts mit grünen Erbsen, fragte Joe die Kellnerin: »Ist Räucherlachs, gefolgt von Lammkoteletts, heute sehr gefragt?«

»O ja«, sagte sie, »das ist immer eine gute Kombination.«

Ein weißer Ford, in dieser Gegend ein ziemlich ungewöhnlicher Anblick, fuhr aufreizend langsam die Straße entlang nach Süden. Am Steuer saß ein weißhaariger Mann, der, von hinten gesehen, der Gesuchte sein mochte. Sie wußten, das Vergnügen daran, sich die verschiedenen Möglichkeiten auszudenken, wie sie Lucan aufstöbern könnten, übertraf die Möglichkeiten selbst. Von Caithness führten viele alternative Strecken nach Süden. Aber die Sache machte ihnen eindeutig Spaß. Die beiden Frischverliebten waren zu Späßen aufgelegt. Trotzdem, das Auto, das da so langsam (warum so langsam?) vor ihnen fuhr, war ein aufregender Spaß. Der Fahrer wollte, daß sie ihn überholten, und trotz zahlreicher Kurven und Senken, die ein Überholmanöver unratsam erscheinen ließen, hätten sie es mehrere Male versuchen können. Doch Lacey, die an diesem Nachmittag das Steuer übernommen hatte, tat es nicht.

Verbissen heftete sie sich an den weißen Ford, der verbissen an seinem Leichenzugtempo festhielt, zum Ärger der anderen Verkehrsteilnehmer hinter ihnen, die, so gut sie konnten, beide Wagen überholten.

»Wer immer in diesem Ford sitzt, weiß genau, daß wir ihm folgen«, sagte Lacey.

Sie näherten sich einer hohen Mauer, die ein großes Herrenhaus umschloß. Davor stand eine Reihe von Hochzeitsgästen in ihrem besten Staat. Der Ford fuhr noch langsamer. Er rollte auf ein großes Tor mit goldbemalten Wappen zu, das von einem Paar steinerner Fabeltiere flankiert wurde. Als der weiße Wagen in die Einfahrt bog, sprangen ein paar junge Männer und Frauen kichernd zur Seite. Im Vorüberfahren erblickten Joe und Lacey auf dem Rasen vor dem Haus ein großes Festzelt. Laute Stimmen und gedämpfte Musik vervollständigten die Hochzeitsszene. Joe und Lacey fuhren weiter.

Der große, weißhaarige Fremde ging über den Rasen auf die wogende Menge heiterer Gäste zu, die Männer in Gesellschaftsanzügen, gelegentlich in Schottenröcken, die Frauen in eleganten Kleidern mit großen, schwarzen Hüten – alles in allem mindestens fünfhundert Personen. Am anderen Ende des Festzelts war das Brautpaar mit seinen jungen Freunden zu sehen, die sich vor Lachen krümmten. Ein Quintett spielte gedämpft, um es beiden hier vertretenen Generationen recht zu machen. Intuitiv bemerkte der Fremde eine hochgewachsene, taubengrau gekleidete Dame und ihren ebenso hochgewachsenen und grau-distinguierten Ehemann, die abseits standen. Er ging auf sie zu.

»Guten Tag. Herzlichen Glückwunsch. Ich bin Walker«, sagte er. »Ich fürchte, ich hatte keine Zeit, mich umzuziehen, aber das wußten sie ja. Jedenfalls freue ich mich, hier zu sein.« Nachdem er sich so geäußert und dem Paar die Hand geschüttelt hatte, nahm er sich von einem Tablett, das ihm dargeboten wurde, ein Glas Champagner.

»Ach, machen Sie sich wegen Ihrer Kleidung nur keine Sorgen«, sagte die Frau nervös. Der Fremde sah an seinem dunkelgrauen Anzug herab, dann strahlte er sie an.

»Freut mich, daß Sie kommen konnten, Mr. Walker. Ich kenne leider die Freunde meines neuen Schwiegersohns kaum.«

»Es sind Hunderte«, sagte ihr Mann. »Und Hunderte von Freunden meiner Tochter, die wir auch kaum kennen.«

»Ich gehe lieber mal und wechsele ein Wort mit dem glücklichen Paar«, sagte der Fremde.

Selbst wenn er es gewollt hätte, hätte er sich nicht leicht zu dem Paar vorarbeiten können. Vom Schweiß der Menschen und den Öfchen, die in Abständen entlang der Plane aufgestellt waren, war das Festzelt sehr warm. Der Fremde suchte sich ein Plätzchen, wo er stehen konnte, und bald näherte sich ihm eine gutaussehende Frau mittleren Alters.

»Ich bin sicher, daß wir uns schon einmal begegnet sind, aber ich frage mich, wo.«

»Walker«, sagte er.

»Walker? Ich erinnere mich nicht.« Sie sprach mit einem starken schottischen Akzent. »Aber ich kenne Ihr Gesicht. Ich heiße Bessie Lang.«

»Bessie!« rief er. »Aber natürlich. Wie die Zeit vergeht!« Er nahm sich ein zweites Glas Champagner. Sie schlug eins aus. »Ich muß Bobbie daran erinnern, mir die Gästeliste zu geben«, sagte der Fremde. »So viele bekannte Gesichter. Aber die jungen Leute, besonders aus ihrem Freundeskreis, sind mir natürlich mehr oder weniger fremd. Ach, da drüben ist er ja« – der Fremde winkte zur anderen Seite des Zeltes hinüber –, »wenn Sie mich bitte enschuldigen würden. Ich muß mich dort drüben nützlich machen. Wir sollten in Kontakt bleiben.« Dann war er verschwunden, in der Menge untergetaucht, mischte sich unter die Leute, lächelte, tauschte Artigkeiten aus. Schließlich schüttelte er der Mutter des Bräutigams die Hand sowie dessen Vater in Schottenrock und Rüschenhemd, der ebenso kleingewachsen schien wie die Eltern der Braut groß. Dann, als gut vierzig Minuten verstrichen waren, bahnte er sich durch diese schnatternde Ansammlung der schottischen Oberschicht einen Weg zurück zu seinem weißen Ford.

In der Tat, seine Verfolger waren verschwunden. Maria Twickenhams Tochter und Joe Murray, an dessen Namen Lucan sich nur undeutlich erinnerte, waren beide auf der Jagd nach ihm. An Maria Twickenham konnte er sich noch gut erinnern und empfand starke Sehnsucht nach ihr. Wenn es Maria gewesen wäre, hätte er sich ihr auf zwanzig Minuten zu erkennen gegeben. Aber ihre Tochter... Und Joe... O nein, über mich werdet ihr kein Buch schreiben, über mich nicht. Ambrose hatte sie im Verdacht, ein Verhältnis zu haben. »Die Art, wie die beiden einander über die Schulter blickten, als sie die Zeitungsausschnitte durchsahen...«, hatte Ambrose erklärt. »Liebhaber erkenne ich allemal an ihrem Geschmuse.«

Und das Mädchen heißt Lacey, dachte Lucan. Wie

lächerlich! Sich vorzustellen, ich müßte zwölf bis fünfzehn Jahre hinter Gitter, nur um ein Mädchen namens Lacey zufriedenzustellen...

Jedenfalls hatte er sie auf der Hochzeit abgeschüttelt. Alle späteren Ermittlungen würden ergeben, daß ein Mann namens Walker auf Einladung eines Mannes, an dessen Namen sich niemand erinnern konnte, zum Hochzeitsfest erschienen war.

10

Hildegard war mit dem Eurostar aus Paris gekommen. Sie hatte zwei zum Bersten mit Dokumenten gefüllte Arbeitsmappen, einen kleinen Reisekoffer, ihre Aktentasche und die Kleider bei sich, die sie auf dem Leibe trug. Sie nahm sich ein Taxi und fuhr zum Manderville Hotel am Queen's Gate, wo sie ein Zimmer reserviert hatte. Im Taxi stellte sie ihre Uhr eine Stunde zurück. In Paris wäre es jetzt 13.15 Uhr, hier war es 12.15 Uhr. Vermutlich hing Jean-Pierre in Paris schon seit einer halben Stunde vergeblich am Telefon, um wie gewöhnlich zu verabreden, wo sie zu Mittag essen wollten. Dies war die erste unangenehme Folge dessen, was sie sich vorgenommen hatte. Nämlich spurlos zu verschwinden. Von dem Tag, der Stunde, dem Augenblick an, da sie gemerkt hatte, daß die beiden Lucan-Anwärter über ihre Vergangenheit Bescheid wußten, hatte sie sich für diese Vorgehensweise entschieden, fast ohne sich dessen bewußt zu sein.

Jean-Pierre würde in ihrer Praxis vorbeischauen. Die Klingel betätigen. Keine Antwort. Ihre Sprechstundenhilfe – Jean-Pierre würde zur Bar hinuntergehen und sie von dort aus anrufen. Vielleicht doch nicht – kannte Jean-Pierre den Nachnamen ihrer Sprechstundenhilfe? Nein, bestimmt nicht. Um 15.30 Uhr sollte eine junge Patientin, die von unnötigen Ängsten heimgesucht wurde, zu einer Sitzung kommen. Inzwischen hätte Dominique, die Sprechstundenhilfe, die Tür aufgeschlossen und würde sich über Hildegards Ausbleiben wundern. »Wollen Sie bitte Platz nehmen? Frau Dr. Wolf wird jeden Augenblick hiersein«, würde sie zu dem Mädchen sagen. Unterdessen, die Uhr hätte vier geschlagen, würde sie bei Jean-Pierre, danach in der Werkstatt anrufen, vergebens. »Monsieur Roget? Hier ist Dominique, Dr. Hildegard Wolfs Sprechstundenhilfe. Nein, kein Lebenszeichen von Frau Dr. Wolf. Eine Patientin wartet. Vielleicht sollten Sie – ja, bitte kommen Sie. Es muß etwas geschehen sein. Bitte kommen Sie sofort.«

Sie würden mit den Krankenhäusern telefonieren, vielleicht mit den Polizeiwachen. Jean-Pierre würde die Patientin unter höflichen Entschuldigungen fortschicken. Schließlich, vielleicht morgen, würden sie bei der Polizei eine Vermißtenanzeige aufgeben. Dr. Hildegard Wolf ist verschwunden. Die Polizei würde ihre Praxis durchsuchen, die Wohnung, die sie mit Jean-Pierre teilte. Er würde strengstens verhört werden. »Wann haben Sie Madame Wolf zuletzt gesehen? In welcher Geistesverfassung war sie?«

Ihre Geistesverfassung würde er vermutlich erraten. Natürlich würde er vor der Polizei nicht näher darauf eingehen. Er würde wissen, daß sie untergetaucht war.

Er würde auf eine Nachricht warten. Dazu mußte sie erst noch eine Entscheidung treffen. Unter keinen Umständen durfte man ihren Aufenthaltsort herausfinden. Sie war verschwunden, vielleicht für immer. Auch die Lucans würden verschwinden, dorthin zurückgehen, wo sie hergekommen waren; Hildegard nannte sie bei sich »die Lucans«, ohne noch einen Gedanken daran zu verschwenden, daß nur einer von ihnen echt war und der andere ein Schwindler.

In Paris nahmen die Dinge mehr oder weniger ihren Lauf, wie Hildegard es sich ausgemalt hatte; außer, daß Jean-Pierre ihr Verschwinden nicht der Polizei meldete.

Sie hatte die Miete für ihre Praxis entrichtet und gekündigt. Die Büromöbel hatte sie stehenlassen und nur ihren Laptop und viele der laufenden Akten, darunter die Dokumente zum Fall Lucan, mitgenommen. Dominique, die, auf dem Sprung in ein eigenes Leben, ihren Mantel und ihre Wollmütze anbehalten hatte, prüfte alles nach, während Jean-Pierre zusah. Dominique betrachtete alle Akten, die zurückgeblieben waren. »Meinem Gedächtnis und meinem Terminkalender nach«, sagte sie, »beziehen sich die Akten hier nur auf Patienten, deren Behandlung abgeschlossen ist. Die laufenden Akten sind verschwunden.«

»Wer waren die aktuellen Patienten?«

»Nun, da war Walker, da war Lucky Lucan. Dann gab es da Mrs. Maisie Round, Karl K. Jacobs und – einen Augenblick...« Sie zog ihren Terminkalender zu Rate. »Da war Dr. Oscar Hertz. Dr. Wolf mochte Dr. Hertz sehr, sehr gern. Dann war da Ruth Ciampino. Und Mrs. William Hane-Busby.«

»Keine französischen Patienten?«

»Derzeit nicht.«

Jean-Pierre verspürte einen Stich der Eifersucht. »Wer ist Dr. Hertz?«

»Dr. Hertz hat jüngst seine Frau verloren. Er kommt mit seinem Leid nicht zurecht.«

»Haben Sie die Adressen und Telefonnummern all der Patienten, deren Akten fehlen?«

Im Mantel setzte sie sich hin und tippte mit Hilfe ihres Terminkalenders das wenige, was sie zu den Namen wußte, die sie soeben genannt hatte. »Über ihre Patienten hat Frau Dr. Wolf nur selten gesprochen. Sie war freundlich, gesprächig, sehr nett zu mir, aber über die Patienten, die zu ihr in die Sprechstunde kamen, hat sie nur wenig verlauten lassen. So, ich lasse Ihnen jetzt meine Schlüssel zur Praxis da. Der da ist für die Eingangstür. Die hier sind für die Tür zum Sprechzimmer – es gibt zwei Sicherheitsschlösser.«

»Ich weiß«, sagte er. »Ich habe Kopien.«

»Und hier sind die Schlüssel zum Aktenschrank. Und die Schlüssel zu Frau Dr. Wolfs Schreibtisch.«

»Die habe ich nicht. Lassen Sie sie mir da.«

»Wollen Sie, daß ich der Polizei Meldung erstatte, Monsieur Roget?«

»Es ist nicht nötig, die Polizei zu informieren.«

»Wäre es nicht korrekt?«

»Es ist nicht nötig.«

»Nein?«

»Nein.«

»Angenommen, Frau Dr. Wolf hat einen Unfall erlitten?« fragte sie.

»Das glaube ich nicht. Man nimmt nicht die Hälfte seines Archivs mit, wenn man einen Unfall hat.«

Dominique ging – eine kleine Gestalt, eingemummelt in Mantel, Schal und Wollmütze, in der Handtasche den Gehaltsscheck, den Jean-Pierre ihr gegeben hatte, die rosigen Wangen halb verhüllt von ihrem blonden Haar.

Sie schloß die Tür hinter sich, doch er öffnete sie gleich wieder, um sie zurückzurufen.

»Lassen Sie mir Ihre Telefonnummer und Ihre Anschrift da?«

»Die sind in meiner Akte«, sagte Dominique, »aber ich bin nicht sicher, wie lange ich noch in Paris bleiben werde.«

»Nein?«

»Nein.«

Er fragte sie: »Stehen Sie mit Hildegard in Verbindung?«

»Weshalb sollte ich mit ihr in Verbindung stehen?«

»Nichts für ungut, Dominique. Aber wenn sie sich mit Ihnen in Verbindung setzt, geben Sie mir Bescheid, ja?«

»Ja, Monsieur Roget. Natürlich gebe ich Ihnen Bescheid.«

Hildegard hatte schon lange das Gefühl gehabt, daß Rührseligkeit ein Luxus sei, den sie sich nicht leisten könne. Vielleicht hatte sie dieses Gefühl schon immer gehabt, schon zu der Zeit, als ihre Familie einen Bauernhof mit Schweinen hatte und die kleinen Schweine herzzerreißend quiekten und ausbluteten. Aber das ging nun mal nicht anders.

Sie hatte vierzehn Brüder und Schwestern, einige von ihnen alt genug, daß sie ihre Mutter oder ihr Vater hätten sein können. Irgendeiner wusch und kleidete sie, brachte sie zur Schule, gab ihr zu essen: ein Bruder, eine Mutter, eine Schwester, ein Vater, wer auch immer. Sie wuchs auf dem Bauernhof heran. Schließlich heirateten ihre Schwestern und Brüder und zogen ein jedes aus, um sich nicht weit vom Elternhaus wieder niederzulassen und Schweinezucht zu betreiben. Hildegard – damals noch Beate – war ein kluges Kind. Sie kämpfte sich von zu Hause frei, fand Heinrich und verdiente sich ihr eigenes Blutgeld.

Und was war nun mit ihrer Treue und Liebe zu Jean-Pierre? Sie wußte sehr wohl, daß er verzweifelt nach ihr suchen würde. Solche Gefühlsseligkeit konnte sie sich nicht leisten. Er würde auf ein Zeichen ihrer Zuneigung warten. Das war zuviel verlangt. Und doch war es nur natürlich. Ach, Jean-Pierre, was hätte ich sonst tun können, was sonst?

11

Jean-Pierre hatte eine kleine Tasche gepackt und beiseite gestellt. Er war bereit, jederzeit aus Paris abzureisen, auch ganz kurzfristig. Hildegard war seit mehr als einer Woche verschollen, und sie hatte ihm keine Nachricht zukommen lassen. Letzteres beunruhigte ihn mehr als ihre Abwesenheit, denn er war überzeugt, daß sie aus freien Stücken irgendwo untergeschlüpft war. Sie hatte ihren Wagen in der Garage stehenlassen und die Miete drei Monate im voraus bezahlt. Der Garagenbesitzer konnte ihm keine Erklärung, keinen Fingerzeig geben. Um ihre Sicherheit machte Jean-Pierre sich keine Sorgen. Er grübelte lediglich darüber nach, daß sie ihn weder in seinem Geschäft noch auf seinem Handy angerufen hatte.

Er faßte den Entschluß, sie zu suchen. Er begann mit der Patientenliste, die Dominique ihm gegeben hatte. Nur neben den Namen Lucan und Walker stand keine Telefonnummer.

»Mrs. Maisie Round?« Jean-Pierre sprach englisch, und zwar recht gut.

»Ja, am Apparat. Wer ist da?«

»Jean-Pierre Roget. Ich bin ein Freund von Dr. Hildegard Wolf. Ich...«

»Wo steckt Frau Dr. Wolf? Es ist schändlich, daß sie

mitten in meiner Therapie das Weite gesucht hat. Ihre Sprechstundenhilfe hat eben angerufen und mir erzählt, daß sie aus Paris verschwunden ist, das war alles.«

»Haben Sie vielleicht einen Hinweis darauf, wo sie sich aufhalten könnte, Madame?«

Jetzt legte die Frau erst richtig los. Sie kreischte und hörte erst dann wieder zu kreischen auf, als Jean-Pierre ihren Wortschwall unterbrach, indem er auflegte.

Sie kreischte: »Es ist nachgerade kriminell, eine Patientin mitten in der Behandlung im Stich zu lassen, wo ich gerade zum Kern der Sache vorgestoßen war und sie genau wußte, daß ich den Punkt erreicht hatte, wo's kein Zurück mehr gibt, so daß ich jetzt unter tiefer Schockeinwirkung stehe und meine Psyche schwer angeschlagen ist, was zur Folge hat, daß ich meinen Anwalt anweisen werde, Hildegard Wolf vor Gericht zu bringen und ihr auf jeden Fall die Zulassung zu entziehen, denn es hat ganz den Anschein, als wäre sie hier in Paris bei keiner psychiatrischen Abteilung oder Anstalt registriert gewesen, dabei habe ich sie für einen Zeitraum von acht Monaten bezahlt, und jetzt lasse ich mich weder von ihm scheiden noch verlobe ich mich mit Thomas und befinde mich in einem lächerlichen Dilemma, das sie mir hätte ersparen müssen, da sie dafür verantwortlich war, das Problem im Kern zu lösen...«

An dieser Stelle legte Jean-Pierre leise auf. Er schenkte sich einen Wodka-Tonic ein und rief den nächsten Patienten an.

Eine Frau meldete sich auf französisch.

»Könnte ich bitte mit Dr. Karl Jacobs sprechen?«

»Dr. Jacobs ist im Urlaub. Kann ich ihm etwas ausrichten?«

»Vielleicht können Sie mir sagen, ob Dr. Jacobs den Aufenthaltsort seiner Analytikerin Dr. Hildegard Wolf kennt? Wann kommt Dr. Jacobs zurück?«

»Er wird in etwa zehn Tagen zurückerwartet. Ich kann ihm eine Nachricht hinterlassen, aber ich glaube nicht, daß ich Ihnen helfen kann. Ein Herr namens Walker hat auch schon gefragt, wie er Frau Dr. Wolf erreichen kann. Ich glaube, er sah Dr. Jacobs' Namen auf dem Schreibtisch der Sprechstundenhilfe, da er selbst einer von Frau Dr. Wolfs Patienten war. Es scheint, daß Frau Dr. Wolf überstürzt abgereist ist.«

»Ist Dr. Jacobs gekränkt?«

»O nein, er war sehr erleichtert. Er sagte, er hätte genug von ihr gehabt.«

Jean-Pierre ließ seine Telefonnummer da.

Der nächste Patient, Dr. Oscar Hertz, war der Mann, von dem Dominique behauptet hatte, daß Hildegard ihn mochte. Ein Witwer, hatte sie gesagt; sein Problem: die Trauer.

Bei Dr. Oscar Hertz nahm niemand ab. Jean-Pierre wählte Mrs. William Hane-Busbys Nummer.

»Ja, am Apparat«, sagte die Dame in englischer Sprache.

»Ich bin ein Freund von Dr. Hildegard Wolf, man hat Sie mir als eine ihrer Patientinnen genannt. Ich versuche herauszufinden, wo sie sich aufhält.«

»Ja, das hätte ich auch gern gewußt. Ich schätze Frau Dr. Wolf sehr. Ein herausragender Geist. Sie wissen, daß man sie an den Universitäten und in akademischen Schriften diskutiert. Sie muß einen dringenden Grund gehabt haben, einfach so zu verschwinden. Kennen Sie sie gut?«

»Sie ist meine Lebensgefährtin«, fühlte Jean-Pierre sich zu sagen veranlaßt. Der Tonfall der Frau gefiel ihm.

»Sie hat mir oft von den Hotels erzählt, in denen sie regelmäßig abstieg, wissen Sie? In Madrid hat sie in einem hübschen kleinen Hotel namens Paradiso übernachtet, und in Zürich gab's ein Juwel von einem Hotel, das sie liebte, den Gasthof Seelach, eigentlich nur eine Fremdenpension. In solchen Hotels ist sie gern abgestiegen, aber vielleicht wohnt sie bei Freunden.«

»Was hat sie sonst noch erwähnt, Madame? London? Brüssel?«

»In London gab's ein Hotel am Queen's Gate, und in Brüssel weiß ich den Namen nicht mehr, jedenfalls in einem heruntergekommenen Viertel. Sie pflegte in einem Restaurant namens La Moule Parquée, was immer das heißt, zu speisen. Ach, hoffentlich finden Sie sie. Ich vermisse Hildegard sehr. Warum ist sie einfach so verschwunden?«

»Hören Sie«, sagte Jean-Pierre, »ich bleibe mit Ihnen in Verbindung. Wenn Sie sich bei Ihnen meldet, sagen Sie mir Bescheid?« Er nannte ihr seine Nummer.

Er rief bei Dick und Paul an. Dick nahm den Hörer ab. »Es hat uns völlig umgehauen, als wir ihre Nachricht erhielten. Nur ein paar Zeilen mit einem Scheck, und auch wenn uns unser Gehalt ausbezahlt worden ist, tut es doch irgendwie weh. Wissen Sie, wann sie zurückkommt, Jean-Pierre? Hat sie Olivia eine Nachricht hinterlassen?«

Olivia, die Hausangestellte, die Jean-Pierre und Hildegard sich zusammen geleistet hatten, arbeitete noch immer in der Wohnung. Sie hatte bereits zu verstehen gegeben, daß sie von Hildegards Verschwinden ebenso verstört war wie alle anderen auch.

Jean-Pierre betrachtete den Zettel, auf dem er Mrs. William Hane-Busbys Informationen notiert hatte. Sie war die einzige, die ihm einen Hinweis auf Hildegards möglichen Aufenthaltsort gegeben hatte. Offenbar war sie ebensosehr deren Vertraute wie deren Patientin gewesen. Hinter den Namen des Hotels Paradiso in Madrid setzte Jean-Pierre ein Kreuz, hinter das Hotel am Londoner Queen's Gate ein Fragezeichen. Vielleicht Brüssel. Er versuchte es noch einmal mit der Nummer von Dr. Oscar Hertz. Diesmal war er erfolgreicher. Eine Frau antwortete in kehligem Englisch. »Dr. Hertz? Ich glaube, er ist eben nach Hause gekommen. Einen Augenblick, bitte.« Die Pause wurde von einer Version von *Greensleeves* überbrückt. Endlich wurde sie von einem Klicken und einer Männerstimme abgebrochen. »Dr. Hertz.«

»Mein Name ist Jean-Pierre Roget, Hildegard Wolfs Lebensgefährte. Ich nehme an, Sie wissen, daß sie verschwunden ist?«

»Ich mache mir deswegen große Sorgen.«

»Wenn Sie so besorgt sind, warum haben Sie mich dann nicht angerufen? Sie wissen doch, daß wir zusammenleben. Das wissen Sie doch.«

»Die Sprechstundenhilfe, Dominique, hat mich informiert. Können wir denn gar nichts unternehmen?«

»Dr. Hertz, mit Ihnen war sie besonders eng befreundet. Sie...«

»O ja, ich war kein Patient.«

»Nein?«

»Nein. Ich bin ein Kollege vom Fach.«

»Sie sind Psychiater?«

»Psychologe. Hildegard selbst war keine Theoretikerin, sie war vor allem Praktikerin.«

»Sie sprechen von ihr in der Vergangenheitsform.«

»Ja, ich spreche in der Vergangenheitsform.«

»O Gott, was, glauben Sie, ist ihr geschehen?«

»Nichts. Sie war nicht der Typ, dem etwas geschieht. Sie machte, daß etwas geschah.«

»Dann glauben Sie, daß sie Selbstmord verübt hat?«

»Kann gut sein.«

»Kann gut sein, daß Sie sich irren. Ich kenne sie besser als Sie.«

»Man hat sie erpreßt.«

»Das weiß ich. Und ohne Zweifel ist ihr Verschwinden die Folge davon. Aber sie muß doch irgendwohin gefahren sein. Haben Sie eine Vorstellung, wohin?«

»Vom psychologischen Standpunkt aus würde man erwarten, daß sie, falls sie noch lebt, an ihren Herkunftsort, in der Gegend um Nürnberg, zurückgekehrt ist. Dort wäre selbst der erfolgreichste Psychiater gefeit davor, entdeckt zu werden.«

»Danke, Dr. Hertz.«

Jean-Pierre schenkte sich noch ein Glas ein. Kaltschnäuziger Kerl, dachte er. Er ließ sich Dr. Hertz' Worte durch den Kopf gehen: *Vom psychologischen Standpunkt aus würde man erwarten...* Als ob Hildegard nicht wüßte, was man von ihr erwartete, und genau diese Vorgehensweise vermeiden würde. Jean-Pierre las sich die Notizen durch, die er während seiner Telefonate auf den Block gekritzelt hatte. Bestimmt war das Kreuz, das er hinter Mrs. William Hane-Busbys Bemerkungen gesetzt hatte, am vernünftigsten, auch wenn er weiterhin Argwohn gegen Dr. Hertz hegte. Die Au-pairs Dick und Paul waren vermutlich verschwiegen. Dr. Jacobs, wer immer er war, wußte vielleicht mehr, als er sagen würde, wenn er erreichbar wäre. Unterdessen war Jean-Pierre damit beschäftigt, die Telefonnummer des Hotels Paradiso in Madrid und die Namen großer und kleiner Hotels in Brüssel und in der Gegend um Queen's Gate herauszufinden.

Hildegard lag auf ihrem Hotelbett im Manderville Hotel und lauschte auf den strömenden Londoner Regen, der irgendwie schlimmer klang als der Regen in Paris. Im Laufe der Jahre war sie in ihrer Arbeit immer gewissenhafter geworden. Nicht nur weil sie sich vor den beiden Lucans fürchtete, sondern auch weil sie von ihnen fasziniert war, hatte sie in ihren dicken Arbeitsmappen die Lucan-Akten mitgebracht, die aus ihren Aufzeichnungen und drei bereits erschienenen Büchern zu dem Mörder Lucan, seinen Lebensgewohnheiten, seinem Milieu und seinen Freunden bestanden.

Die Dokumente hatte Hildegard neben sich auf dem Bett ausgebreitet, einem Doppelbett, in dem sie sich jede Nacht ausgesprochen allein vorkam. Ihr Geliebter war abgelöst worden von ihren nüchternen Notizen.

Sie blieb mit ihren Pariser Au-pairs in Kontakt, mit Dick und Paul. Ja, Jean-Pierre rief jeden Tag an, um herauszufinden, ob einer der beiden von ihr gehört hatte.

»Nein, keine Sorge, wir haben nichts verraten.« »Einmal hat dieser Mr. Walker angerufen. Niemand mit Namen Lucan.« »Aber Jean-Pierre ist wirklich verzweifelt, Hildegard, warum rufen Sie ihn nicht an?«

»Mach ich«, sagte Hildegard, »doch, mach ich.« Irgendwann, sagte sie zu sich selbst.

»Walker-Lucan«, wie sie ihn bei sich nannte, hatte zu ihr gesagt: »Sie wissen, daß ich in England von Amts wegen für tot erklärt worden bin, obwohl mein Ableben nicht bewiesen werden konnte. Das britische Oberhaus kann meinen Tod nicht anerkennen. Manchmal bin ich versucht, zurückzukehren und die Gerichtsentscheide anzufechten. Ich würde vorbringen, daß ich, als Toter, nicht vor Gericht gestellt werden kann.«

»Das würde nicht funktionieren«, hatte Hildegard gesagt. »Sie würden wegen Mordes belangt, falls Sie wirklich Lord Lucan sind.«

»Sind Sie sich da sicher?«

»Ja. Und der Beweislage nach würde man Sie schuldig sprechen.«

»Und Sie, Frau Dr. Wolf? Müßten Sie sich, der Beweislage nach, noch immer wegen Betruges vor Gericht verantworten?«

»Ja«, antwortete Hildegard.

»Nach all den Jahren?«

»Nach all den Jahren«, erwiderte Hildegard. »Das gilt für beide Fälle.«

Gespräche wie dieses verleiteten Hildegard zu der Frage, ob Walker nicht vielleicht doch der echte Lucan war. Er schien bei der Mordtat zugegen gewesen zu sein.

Sie aber, indem sie sich in das Thema vertiefte, in gewissem Sinne auch. Und was sie noch stärker fesselte, waren all die Gefühle, die Lucan zu der Entscheidung gebracht hatten, seine Frau umzubringen – offenbar hatte er den Plan einen guten Monat vor Ausführung der Tat gefaßt. Hildegard schlug eines ihrer Notizbücher auf und las:

> Er verabscheute seine Frau. Er hatte seine Klage auf Zuerkennung des Sorgerechts für die Kinder verloren und sich hohe Anwaltskosten eingehandelt sowie die Demütigung, von ihr als Sadist entlarvt worden zu sein, der seine Frau mit dem Rohrstock züchtigt. In seinen Augen war seine Frau Veronica entbehrlich.
>
> Laut Zeugenaussage hatte er Anfang Oktober 1974 von seinem Entschluß, seine Frau zu ermorden, und von seinen sorgfältig geplanten Vorkehrungen sogar einem Freund erzählt. »Mich kriegen sie nie«, hatte er (laut Hauptkommissar Ranson, der die Ermittlungen leitete) zu seinem Freund gesagt.
>
> Zwanzig Jahre später schrieb Ranson: *»Ich glaube, daß es weniger die vielbeschworene Liebe zu seinen Kindern war, worin der Schlüssel zu diesem Fall liegt, als vielmehr sein Mangel an Geld, welchselbiges er durch seine ungezügelte Spielsucht verschleudert hatte.«*

»Ich glaube, das ist der springende Punkt«, hatte Hildegard notiert, »wenn auch nicht die ganze Wahrheit. Ein anderes Tatmotiv war sein Haß.«

»Walker«, hatte Hildegard ebenfalls notiert, »könnte ein von Lucan angeheuerter Berufskiller sein, und Lucky ist

Lucan selbst. Oder umgekehrt. Aber die Beweislage spricht gegen diese Theorie.«

Walker zufolge war Lucky ernsthaft auf psychiatrische Behandlung angewiesen. Kurz nachdem Walker in Hildegards Sprechstunde gekommen war, hatte er gesagt: »Ich höre Stimmen.«

Damit meinte er vermutlich, daß Lucky »Stimmen hörte«; zugleich deckte er die Person Lord Lucans für den Fall einer Konfrontation mit dem Gesetz. Wenn erst einmal von »Stimmen« die Rede war, würde Lucan womöglich für unzurechnungsfähig erklärt.

Aber war er denn zurechnungsfähig? Lucky noch eher als Walker, fand Hildegard. Allerdings konnte kein Zweifel daran bestehen, daß in den Wochen vor dem Mord ein gewisses Maß an geistiger Verwirrung eingesetzt hatte. Die »ungezügelte Spielsucht«, die der ehrenwerte Polizeibeamte als hauptsächliches Tatmotiv angeführt hatte, war selbst nur ein Symptom. Sein Haß auf seine Frau war zur Obsession geworden, die von den ständigen Zahlungsaufforderungen der Banken, denen er Geld schuldete, verschärft wurde.

Hildegard blätterte in der Aussage des Hauptkommissars. Ein Jahr vor dem Mord wurde Lucan täglich mit Briefen von Bankfilialleitern bombardiert. Die Briefe hörten sich an wie der Refrain eines vielen nur allzu bekannten Liedes:

23. Oktober 1973

Sehr geehrter Lord Lucan,

ich bin sehr enttäuscht, daß ich auf mein Schreiben vom 10. Oktober Ihre Kontoüberziehungen betreffend keine Antwort von Ihnen finden kann...

Und im Dezember 1973, als sein neununddreißigster Geburstag nahte:

Sehr geehrter Lord Lucan,
meinen jüngsten Schreiben konnten Sie entnehmen, wie enttäuscht ich bin, daß Sie sich immer noch nicht mit mir in Verbindung gesetzt haben, um mir mitzuteilen, welche Anstalten Sie getroffen haben, um Ihr Konto auszugleichen...

Lucan ließ bei Christie's das Familiensilber versteigern. Er nahm Zuflucht zu Geldverleihern. An welcher Stelle, wollte Hildegard wissen, verabschiedete er sich von der Realität? Denn daß er genau dies tat, war die einzige Gewißheit in diesem Fall. Hatte ihn das Herannahen seines vierzigsten Geburtstags der Realität entfremdet, zusammen mit dem Schock, ein Versager zu sein, der unwiderruflich vor dem Bankrott stand? In der zweiten Hälfte des zwanzigsten Jahrhunderts war ein ererbter Adelstitel ohnehin nicht viel wert. Obwohl eine gesellschaftliche Tatsache, hatte sie mit anderen gesellschaftlichen Tatsachen von Belang nichts zu tun, zumal in seinem Fall, wo es nur geringen Familienbesitz gab, kein Anwesen, kein Geld. In Wirklichkeit gehörte er der Mittelschicht an, meinte aber, den Ansprüchen der Oberschicht genügen zu müssen.

»Er hätte ein Gewerbe, einen freien Beruf ausüben sollen«, sagte Hildegard zu sich selbst. »Spieler von Beruf zu sein ist Wahnsinn. Allein ein Earl zu sein ist Wahnsinn. Ja, er brauchte die Hilfe eines Psychiaters. Er braucht sie immer noch. Er braucht mich.«

Hildegards Notizbücher beruhten zum einen auf den publizierten Fakten, zum anderen auf dem, was Lucky ihr erzählt hatte.

Als der Mord an dem Kindermädchen und der brutale Überfall auf seine Frau geschah, war Lucan elf Jahre verheiratet gewesen. Er lebte von seiner Frau getrennt. Er hatte das Sorgerecht für seine Kinder verloren. Auf die eine oder andere Weise hatte er auch den Verstand verloren. Bei der gerichtlichen Untersuchung der Todesursache hatten die Geschworenen auf »Mord durch Lord Lucan« erkannt. Das war zwar kein strafrechtliches Urteil, doch war es undenkbar, daß ihn ein Strafgericht nach den vorliegenden Beweisen nicht wegen Mordes verurteilt hätte. Nach Maßgabe der Tatsachen konnte man sich nur schwer vorstellen, daß seine Freunde und Familienangehörigen wirklich an seine Unschuld glaubten. Öffentlich seine Unschuld zu beteuern wäre die leichteste Sache von der Welt gewesen. Er brauchte sich nur zu stellen und seine Verteidigung vorzubringen. Falls er die Verbrechen nicht begangen hatte, gab es gewiß irgendwelche Umstände zu seinen Gunsten, die den Ermittlungsbeamten unbekannt geblieben waren. Seine Frau hatte sich blutüberströmt in den nächsten Pub gerettet, von wo sie mit Kopfverletzungen ins Krankenhaus eingeliefert wurde. Sie behauptete, diese habe ihr Lord Lucan zugefügt, und die Polizei glaubte ihr. Bei einer so erdrückenden Beweislast hatte sie allen Grund, ihr zu glauben.

Hätte Hildegard über Lucan nur nachgelesen und den – mutmaßlichen – Mann nie selbst kennengelernt, so hätte sie angenommen, daß er, wie viele zwanghafte Spieler, strohdumm war.

Die Lucans, die sie kannte, Lucky Lucan und Walker-Lucan, waren nicht dumm. Ohnehin mußten die ständigen Fluchtmanöver Lucans Verstand geschärft haben. Allerdings war Hildegard sich bewußt, daß Lucky Lucan geistig verwirrt war. Walker war in ihren Augen ein einfacher Krimineller. Ihr fiel Lucans lautes Gelächter ein, wenn er eine seiner spaßhaften Bemerkungen von sich gegeben hatte. Es war ein Gelächter, von dem das ganze Zimmer widerhallte. Auf ihre kleinen Scherze reagierte er lediglich mit einem Lächeln, als hätte er Angst, Zeit zu verschwenden. Walker dagegen, obwohl er mitunter ein Lächeln aufsetzte, lachte nur selten, und wenn er es tat, dann war es ein kurzes, scharfes, zynisches »Ha«.

Walker hatte behauptet, Stimmen zu hören.

Was sagten sie?

»Daß Lucky plant, mich umzubringen.«

»Aber geglaubt haben Sie den Stimmen nicht, sonst wären Sie nicht in meine Sprechstunde gekommen.«

»Eigentlich war es nur eine Stimme.«

»Männlich oder weiblich?«

»Eine weibliche Stimme. Ich glaube, es war das ermordete Mädchen Sandra Rivett, das da sprach.«

Auf dem Rand der Seite, wo sie ihre Tonbandaufnahme dieses Interviews transkribiert hatte, hatte Hildegard vermerkt: »Möglich, daß es keine ›Stimme‹ gibt. Mögl., daß Walker Lucky umbringen will und für den Fall, daß er gefaßt wird, Wahnsinn vortäuscht. Mögl. ist alles.«

Hildegard fügte hinzu: »Wer unterstützt diese Männer? Wer hat Lucan früher geholfen? Wer begünstigt ihn jetzt? Er muß irgendwo Freunde haben.«

Was das Untertauchen des siebenten Earl of Lucan angeht, so war die Öffentlichkeit eher verblüfft als empört. Je mehr seine Freunde ihn beschrieben und seine Lebensweise schilderten, desto weniger verstand man ihn. Der Fall des siebenten Earl war nur in zweiter Linie der eines flüchtigen Rechtsbrechers, vor allem stellte er ein menschliches Rätsel dar. Man interessierte sich nicht so sehr dafür, wie er entkommen war, wohin er sich geflüchtet hatte, wie er überlebte, ob er überhaupt noch am Leben war. Eher lag das Rätsel in der Frage, was für ein Mensch er war, wie er sich fühlte, was ihm durch den Kopf ging, daß er sich in dem Glauben wiegte, mit seinem Vorhaben ungeschoren davonkommen zu können? Welche Detektivromane hatte er gelesen? Welche Träumereien, welche unreifen Vorstellungen hatten ihn geprägt? Denn zweifellos hatte er sich eingebildet, sein Mordplan gegen seine Frau sei hieb- und stichfest. Dabei war er, selbst wenn die Nanny Ausgang gehabt und er die Countess ermordet hätte, ebenso »undicht« wie der bluttriefende Postsack, in den Sandra Rivetts Leiche gestopft worden war.

12

Wenn erst einmal Blut fließt, sickert es überallhin, wie Hildegard, die Pseudo-Stigmatisierte, aus eigener Erfahrung wußte. Es strömt, es klebt, es leuchtet rot und sammelt sich in dunklen, dickflüssigen Lachen. Wenn es erst einmal quillt, läßt es sich kaum noch stillen.

Was Hildegard zu der Annahme bewogen hatte, daß Lucky in der Tat jener Lucan war, der wegen Mordes gesucht wurde, war die Art, wie er das Blut beschrieb, mit dem seine Hose beschmiert war, das Blut, das aus dem Postsack troff. Walker hingegen schilderte den Tathergang nur widerstrebend. Inzwischen hatte er Hildegard gestanden, daß er, jawohl, »die Tat verübt« habe, und war sogar auf einige der bereits weithin bekannten Einzelheiten eingegangen. Manchmal hörte es sich an wie eine Rechtfertigung in der Sonntagsausgabe eines Revolverblatts: »Zu jenem Zeitpunkt hielt ich es für angebracht, meine Frau loszuwerden, die ich hassen gelernt hatte. Sie besaß das Sorgerecht für meine Kinder. Ein Angehöriger Ihres Berufsstandes, Frau Dr. Wolf, gab vor Gericht ein lächerliches Gutachten zu ihren Gunsten ab. Ich habe meine Kinder verloren. Stellen Sie sich vor – ich durfte sie nur noch zweimal im Monat sehen! Ich hätte das Haus in der Lower Belgrave Street verkaufen können, um meine Schulden abzutragen. Sie war verrückt, aber das Gericht wollte es nicht wahrhaben.«

»Erzählen Sie mir von dem Mord.«

»Nun ja, ich denke, es war ein Mord wie jeder andere auch.«

Vielleicht waren dies die Worte eines professionellen Killers. Vielleicht, vielleicht auch nicht. Aber es waren, wie Hildegard bemerkte, schwerlich die Worte eines Mörders. Und doch paßte ihre Kälte zu dem Lucan, den die Öffentlichkeit kannte, zu seinem verrückt-kaltblütigen, berechnenden Verstand.

Freilich, mittlerweile ging es um Erpressung. Um Erpressung zwischen Lucan und Walker, wobei Walker wahrscheinlich der Erpresser war, sowie um die Erpressung ihrer selbst: Sie benötigten Geld. Was benötigten sie sonst noch? Trost und Rat einer Psychiaterin? Ja, dies vermutlich auch. Und vielleicht eine wohlwollende Psychiaterin, die im Falle eines Strafprozesses als Gutachterin auftrat.

Bei der gerichtlichen Untersuchung der Todesursache hatte die letzte Person, die Lucan nach dem Mord an Sandra Rivett begegnet war, ausgesagt, Lucan habe ihr erzählt, ein unbekannter Einbrecher habe seine Frau überfallen und offenbar das Kindermädchen umgebracht; er selbst sei zufällig am Haus vorbeigekommen und habe eingegriffen. Die Zeugin hatte den Eindruck, daß ihm beim Anblick des Blutes ziemlich übel geworden sei, und den Sack habe er nicht näher betrachten wollen.

Nun gut, Lucky war eben zartbesaitet. Offensichtlich ekelte ihn Hildegards bluttriefende Geschichte genauso an wie seine eigene. »Sie haben Ihre Seite, Ihre Hände und

Füße mit Ihrem Monatsblut beschmiert, Frau Dr. Wolf.« Zartbesaitet oder nicht, er hatte den Mut gefunden, diesen Tatbestand zu erwähnen. Es war fast wie eine vertrauliche Mitteilung: Wir stecken beide bis an die Knöchel im Blut, schien er sagen zu wollen. Walker hingegen hatte lediglich von »Ihrer Vergangenheit, Hildegard Wolf, oder soll ich lieber Beate Pappenheim sagen?« gesprochen.

Als Lucky das erste Mal ihr Sprechzimmer betreten hatte, war Hildegard von seiner Ähnlichkeit mit ihrem anderen Lucan-Patienten Walker frappiert gewesen. Sie sahen einander nicht zum Verwechseln ähnlich, hätten aber Brüder sein können. Auf jeden Fall waren sie beide weißhaarige, alternde Ausgaben des neununddreißigjährigen Lucan, wie er aus all den Büchern und Zeitungsartikeln hervorschaute, die seit seinem Verschwinden 1974 Jahr für Jahr über ihn verfaßt worden waren. Walker selbst schien nie bei Lucans Freunden vorstellig zu werden. Gewöhnlich war es Lucky, der regelmäßig die Geldsummen abholte, die von reichen Freunden an gewissen Orten, bei gewissen Leuten hinterlegt wurden. Von Freunden – angenommen, Lucky war nicht der siebente Earl, wie konnten sie sich dann so täuschen lassen, wo sie Lucan doch gekannt hatten? »Nichts leichter als das«, hatte Walker erklärt. »Sie nehmen an, daß Lucan seine Gesichtszüge durch kosmetische Chirurgie hat verändern lassen. Sie haben recht. Ihr anderer Patient namens Lucan ist ein Schwindler, Frau Dr. Wolf. Auch er geht Geld abholen, wie Sie sich denken können.«

»Aber Sie arbeiten zusammen?«

»Natürlich. Sollte einer von uns auffliegen, wäre jeweils der andere, der abwesende, der echte Lucan.«

»Und Ihre Stimmen? Erkennen Ihre Freunde Sie denn nicht an Ihrer Stimme?«

»Man weiß, daß Lucan musikalisch ist. Wir haben unsere Stimmen aufeinander, eh, abgestimmt. Außerdem gehen die Leute davon aus, daß eine Stimme sich wandelt.«

Vor Jahren war jemand festgenommen worden. Lucan in Australien gefaßt! Es stellte sich heraus, daß der Verdächtige vermißt und dringend von der Polizei gesucht wurde; aber Lucan war er nicht. Und, wie Hildegard überlegte, so war auch noch nicht bewiesen, daß Walker oder Lucky Lucan waren. Sie hatte von Natur aus einen kühlen Kopf. Für sie war jeder der beiden Männer »ein wahres Beingeripp', ein Scharlatan... ein lebendig Toter«, wie Shakespeare sich vor langer Zeit ausgedrückt hatte.

In Benehmen und Redeweise, hatte Hildegard geschrieben, hätten sich sowohl Lucky wie Walker auf den Lucan des historischen Gerichtsfalles stützen können. Ihn nachzuahmen wäre ihnen ziemlich leichtgefallen, aus dem einfachen Grunde, weil Lucan ein ausgesprochener Leimsieder gewesen war, ein maßgeschneiderter Gentleman mit lauter Erinnerungen, wie sie die meisten Männer seiner Gesellschaftsschicht und Bildungsstufe hatten. Bis auf den geplanten und versuchten Mord an seiner Frau schien er keine einzige originelle Idee gehabt zu haben. Er war von äußerst durchschnittlichen Geisteskräften. Er hätte irgend jemand sein können. Mit ein paar Angaben zu Vergangenheit und Schulbildung eines Mannes wie Lucan wäre es ein leichtes gewesen, eine Persönlichkeit vorzuspiegeln, die seine Bekannten von seiner Identität überzeugten. Ach, Lucan, Lucan, du heiße Kartoffel.

Es hatte aufgehört zu regnen. Hildegard räumte ihre Aufzeichnungen weg. Sie verspürte starke Sehnsucht nach Jean-Pierre und bedauerte es, nicht einmal per E-Mail mit ihm verbunden zu sein. Bestimmt suchte er nach ihr, würde sie womöglich sogar finden. Aber sie traute ihm nicht zu, den Lucans zu entkommen. Jean-Pierre war unfähig, mit irgend jemandem ein Doppelspiel zu treiben, wohingegen die beiden das Doppelspiel in Person waren. Früher oder später würde sie ihn anrufen.

13

Walker hatte eine feste Vorstellung davon, was einen Gentleman ausmacht. Über einen Zeitraum von zehn Jahren – Lucky Lucan war auf der Flucht und wurde steckbrieflich gesucht – hatte er ihn eifrig studiert. Er hatte sich die meisten seiner antiquierten Ideen – seine Überzeugungen und Verhaltensweisen – zu eigen gemacht, auch Lucans völlig verdrehten Begriff von einem Gentleman. Das war schon seinen Kameraden im Garderegiment in Coldstream aufgefallen, wo Lucan von A bis Z den Earl herausgekehrt und alle anderen Earls in ihrem Earlsein ausgestochen hatte.

Aber auch Lucans Charakter selbst trug zu Walkers verzerrter Auffassung von einem Gentleman bei. Genaugenommen war Lord Lucan unehrlich, ein geborener Gauner, eine verkrachte Existenz; als Mensch egozentrisch, als Adliger von sich selbst eingenommen. Seltsamerweise war seine bevorzugte Form der Selbstdarstellung die Maske des Parvenüs. »Tugend und Ehre« – besonders seine Familie behauptete, daß dies der Wahlspruch ihres entflohenen Angehörigen sei. Doch seinen Charaktereigenschaften entsprach dieser Wahlspruch nicht im geringsten; das war nur die Fassade, die dann Walker in seiner Rolle als freischaffender Gentleman so beharrlich nachgeahmt und angenommen hatte. Ja, mittlerweile war er Lucans idealer Doppelgänger, sein Alter ego.

Seit ihrer ersten Begegnung in Mexiko hatte Walkers äußerliche Ähnlichkeit mit Lucan noch zugenommen. Anfangs bestand ihr Vorzug darin, daß beide Männer die gleiche Körpergröße hatten – genau 1,88 Meter – und ihre Schädel die gleiche sonderbare Melonenform. Ein Bekannter nannte Lucans Schädel »knochig«, und so war auch Walkers Schädel beschaffen. Ihr dunkler Teint stimmte mehr oder weniger überein. Nur ihre jeweiligen Gesichtszüge waren anders gewesen. Doch mit Hilfe kosmetischer Chirurgie hatten sich die beiden Männer in den zurückliegenden Jahren auch darum gekümmert, so daß sie allmählich nicht mehr so leicht auseinanderzuhalten waren.

Freilich besaß Lucan einen gewissen Charme, nicht im Übermaß, aber doch soviel, daß er noch charmanter wirkte. Walker war das genaue Gegenteil und wußte nicht, wie er sich welchen verschaffen konnte; er war durchschaubar, was zuzeiten auch recht ansprechend wirkte. Charakterlich kamen sie sich am nächsten in ihrem kalten Gleichmut; auf dieser Ebene harmonierten sie stets.

Walker war Lucan auf einer Ranch in Mexiko aufgefallen, einer seiner vielen Zufluchtsstätten in den Jahren nach seinem Untertauchen. Sein Gastgeber war ein kleiner, magerer, dunkelhäutiger Mann, ein alter Freund aus dem Pferderennmilieu; die Gastgeberin eine Schauspielerin aus Bolivien, die sich zurückgezogen hatte, um sich Tag für Tag ihr wundervolles Aussehen zu bewahren und ihre Kleider, die sie häufig wechselte, stets frisch gewaschen und gebügelt vorrätig zu halten.

»Bemerkenswert, wie sehr Walker Ihnen ähnelt«, meinte sie. »Als er gestern abend über den Rasen aufs Haus zugelaufen kam, habe ich ihn für Sie gehalten.«

»Wie seltsam«, versetzte der Gastgeber, »ich auch.«

Nach zwei Monaten wurde es Zeit, daß Lucan zu seinen nächsten Helfershelfern weiterzog.

»Ich gebe Ihnen Walker«, sagte der gütige Mexikaner. »Sie dürfen Walker mitnehmen. Er wird sich noch als nützlich erweisen.«

Walker war Butler, Verwalter und Futtermeister (die Hazienda war nämlich streng hierarchisch gegliedert).

»Ich weiß nicht«, sagte seine Frau, »ob ich ohne Walker auskommen kann.«

»Ich gebe ihn Lucan«, sagte der Mann ganz beiläufig, so als schenke er dem Earl einen Silberteller.

»Was soll ich mit ihm anstellen?« fragte Lucan, der Trottel.

»Sie können ihn auf tausenderlei Art verwenden«, erwiderte der allwissende, erfahrene Gastgeber. »Nötigenfalls könnte er sich an Ihrer Stelle festnehmen lassen. Sie müssen ihn ein bißchen abrichten, ihn in Ihr Double verwandeln, ihm Ihre Stimme beibringen.«

»Er ist sehr intelligent«, sagte seine Frau.

»Wenn er wirklich sehr intelligent wäre«, entgegnete der weise Gutsbesitzer, »würde er nicht für uns arbeiten. Aber er wird tun, was ich ihm sage. Außerdem«, fügte er müde hinzu, »werde ich es ihm natürlich entgelten. Ich gebe ihn Lucan. Lassen Sie ihn am Kinn operieren, Lucan, und seine Nase ein wenig richten. Er ist Ihnen wie aus dem Gesicht geschnitten.«

Das war vor zehn Jahren gewesen. Walker hatte keine Reisen nach Mexiko unternehmen müssen, um das Handgeld seines ehemaligen Arbeitgebers zu kassieren. Im Gegensatz zu Lucan waren Überweisungen in seinem Falle ungefährlich. Als Walker wurde er von niemandem gesucht, auch wenn er als Lucan schon mehrere Male in Verdacht geraten war. Als Lucan war er an den Stränden der Welt, in Cafés »gesichtet« worden. Zeitweise war er Schriftführer eines Sportklubs in Sydney gewesen und dort »gesichtet« worden. Er hatte als Reitlehrer in einem Reitstall in Lausanne gearbeitet, von wo er fliehen mußte, als man ihn »sichtete«. Interpol bekam ihn nie zu fassen, doch selbst wenn – schließlich war er Walker, hatte Walkers Reisepaß, Walkers Geburtsurkunde und Walkers Blutgruppe. Unterdessen hielt Lucan sich woanders auf, verrichtete Gelegenheitsarbeiten oder lümmelte sich in den Gartenanlagen von Hotels. Die Kasinos, in denen man, wie er wußte, nach ihm suchte, mied er peinlichst.

Der Mexikaner war zwar nicht sein einziger Gönner, aber doch der reichste. Als er 1998 starb, hatte Lucan nur noch zwei feste Freunde aus vergangenen Zeiten; die Schauspielerin hatte Walkers Monatswechsel und Lucans Almosen ohne ein Wort der Erklärung gestrichen. Walker und Lucan reisten nach Paris.

Lucan sorgte sich stets um Walkers Stimme. Walker hatte sich Lucans weichen, leicht sonoren Tonfall zu eigen gemacht, aber so richtig traf er ihn immer noch nicht. Auch wenn Walker bei Lucans alten Freunden seinem Aussehen nach als ein um zwanzig Jahre gealterter Lucan gelten konnte, von seiner Stimme würden sie sich, soviel wußte Lucan, nicht ganz so leicht täuschen lassen. So hatte er es bislang vorgezogen, sein Geld selbst abzuholen.

Aber jetzt drohte beiden das Geld auszugehen. Walker hatte Lucan klargemacht, daß sie sich nie trennen durften. Als sie auf Hildegard mit ihrer dunklen Vergangenheit stießen, waren sie eher auf echte psychiatrische Hilfe angewiesen als auf das, was sie ihr abpressen konnten.

Lucan, der sich wieder einmal nach Schottland gewagt hatte, um sein Geld entgegenzunehmen, erhielt einen Anruf von Walker.

»Kommen Sie bloß nicht auf den Gedanken«, sagte Walker, »nicht nach Paris zurückzukehren. Ich brauche Sie hier.«

Lucan sagte: »Ich komme ja nach Paris.« Wohin sollte er auch sonst? Er haßte Walker, aber entrinnen konnte er ihm nicht. Inzwischen hatte er etwas mehr über Walker herausgefunden, doch kam das nicht im entferntesten der Kenntnis nahe, die Walker von ihm hatte, und sei es nur aus all den Büchern und Artikeln, in denen jeder Aspekt seiner Vergangenheit durchleuchtet worden war.

Walker und Lucan, Lucan und Walker waren untrennbar miteinander verbunden.

Walker konnte es kaum ertragen, Lucans melonenförmigen Schädel anzuschauen, der so sehr dem seinen glich.

Aber es gab einen gewaltigen Unterschied zwischen ihnen, und beide waren sich dessen bewußt: Lucan war ein Mörder, und Walker war es nicht.

Lucky Lucan glaubte an die Macht des Schicksals. Das Schicksal hatte ihn zum Earl bestimmt. Seinen irrwitzigen

Überlegungen zufolge war auch der Tod seiner Gattin schicksalhaft. Es war der Irrwitz eines Hasardspielers. Während der letzten beiden Monate vor dem Mordversuch an seiner Frau war Lucan ihr vergleichsweise höflich, ja, wie es hieß, sogar mit Zartgefühl begegnet. Er wußte, daß sie vom Schicksal zum Sterben verurteilt war, und dachte nicht einen Augenblick darüber nach, daß dieses Schicksal lediglich seinen eigenen Berechnungen folgte. Es waren seine »Nöte«, die ihr zum Verhängnis wurden. Er »benötigte« die Summe, die er aus dem Verkauf des Hauses, in dem sie wohnte, erzielen würde, er »benötigte« den Tod seiner Frau, und dies wurde ihr zum Schicksal.

Sein Schicksal indessen war es, sein Leben mit Walker zu teilen. Aber ein vordringlicher »Notfall« war eingetreten. Alte Freunde starben oder sprangen ab. Lucan mußte sich Walkers entledigen, und zwar bald; ehe Walker beschließen konnte, daß Lucan sterben mußte, war es Walkers Schicksal, selbst zu sterben.

Auf dem Flug nach Paris begann Lucan die Art seines Todes auszuarbeiten. Walker war eine Karte, die in der Spielhölle des Lebens ausgespielt werden mußte; kein As, eine einfache Karte. Es war eine Situation, in der sich Lucan zuversichtlich fühlte, ebenso zuversichtlich wie damals, als er das Gefühl hatte, ungestraft seine Frau umbringen zu können. Seine Zuversicht war die eines Spielers. In seiner Schicksalsgläubigkeit übersah er die wohlbekannte Tatsache, daß der Spieler verliert und am Ende stets der Buchmacher, der Croupier oder wer immer gewinnt. Walker war eine Karte, die ausgespielt werden mußte, und Lucan hatte nicht die leiseste Absicht, seinen soeben eingeheimsten Gewinn mit seinem Doppelgänger zu teilen. Dieser letzte Glücksfall mochte der letzte überhaupt sein.

Walker mußte verschwinden. Die Flugbegleiterin brachte Lucan ein Glas, ein Fläschchen kohlensäurearmes Mineralwasser und eine Miniflasche Johnnie Walker, die Lucan abschätzig zwischen den Fingern drehte, bevor er sie öffnete und sich einschenkte. Gleich darauf kam sie wieder und hielt ihm eine Plastikmahlzeit hin, die er ausschlug.

Walker mußte verschwinden, sterben, sich in Luft auflösen. Lucan hatte die Angewohnheit, eine Sonnenbrille mit ungeschliffenen Gläsern zu tragen. Auch seine Kontaktlinsen, von einem schmuddeligen Braun, das seine blauen Augen verdeckte, verbesserten sein natürliches Sehvermögen nicht. Er saß in der Business Class, auf einem Sitz am Gang, wie er ihn bevorzugte. Das verschaffte ihm die Illusion, schnell entwischen zu können, selbst an Bord eines Flugzeugs. Seine Nervosität hatte sich auch nach fünfundzwanzig Jahren noch nicht verflüchtigt. Das würde sie nie. Wäre er zu Hause geblieben und vor Gericht gestellt worden, hätte er zwar in beiden Anklagepunkten mit einer Verurteilung rechnen müssen, wäre aber schon seit mindestens zehn Jahren wieder auf freiem Fuß – ein Umstand, den er zu würdigen wußte, über den er aber nicht weiter nachgrübelte. Es wäre für ihn nicht in Frage gekommen, sich vor Gericht zu verantworten. Er war der siebente Earl of Lucan! An die Gleichgültigkeit, oft auch Verachtung seiner Standesangehörigen, die ihm aus der Presse entgegenschlug, hatte er sich nie gewöhnen können – es war nicht zu begreifen. Von den anderen Earls hatte sich keiner für ihn eingesetzt, nicht einmal diejenigen, die er aus seiner Schul- oder Regimentszeit kannte. Außer den meisten seiner engsten Familienangehörigen, was ja wohl selbstverständlich war, hatten nur seine Spielkumpane und seine weniger hochgeborenen Freunde Entsetzen über seine mißliche Lage bekundet; diese hatten ihr Bestes getan.

Wie es seine Gewohnheit war, musterte Lucan die anderen Passagiere aus mehr als der üblichen Fahrgastneugier. Neben ihm saß ein Mädchen mit langem, strähnigem Haar und las, während sie in dem Essen auf ihrem Tablett herumstocherte, in der *Newsweek.* Ja, sie mochte Detektivin sein. Hatte man die Fahndung nach ihm eingestellt? Sicher sein konnte er sich darin nie. Diese Englandreise würde seine letzte sein. Angesichts der modernen Technologie wurde das Abholen zu gefährlich und die Kollekte selbst zu unergiebig. Er holte sein Buch hervor, einen Taschenbuchkrimi. Seit fünfundzwanzig Jahren holte er in Flugzeugen und Autobussen Taschenbücher hervor und vergaß nie, die Seiten umzublättern, selbst wenn er mit den Gedanken woanders war. Diese ständige Nervosität – er fand, daß er ein solches Schicksal nicht verdiente. Schließlich hatte er seine Frau ja nicht umgebracht. Nur das Mädchen – all das Blut. Er blätterte um und seufzte. Seine Nachbarin las und stocherte weiter.

Links von ihm, auf der anderen Seite des Ganges, saßen zwei Männer. Auch sie waren mit ihren Drinks beschäftigt. Sie unterhielten sich ganz leise, aber hörbar. Lucan mochte Homosexuelle nicht; am wenigsten die Sentimentalität, die er ihnen nachsagte. Keine Härte; kein Sinn für Schicksal; keine Ahnung davon, daß das, was geschehen mußte, geschehen mußte – wie der Mord. Das Paar bestand aus einem Mann um die Fünfzig und einem Fünfundzwanzigjährigen. Der Ältere trug seine Haare schulterlang. Der Jüngere hatte einen kurzgeschorenen Schädel und war mit silbernen Ohrringen geschmückt. Sie unterhielten sich über einen Film. (Die Tage, als Lucan noch mit anhören konnte, wie sich die Leute am Nebentisch, im Bus oder im Wartesaal über ihn unterhielten, waren längst vorbei.)

»Er war zu durchsichtig«, sagte der Ältere. »In der zweiten Hälfte brauchtest du mehr oder weniger nur noch bis zum Ende durchzuhalten.«

»Die Sexszenen fand ich ziemlich cool«, bemerkte der Jüngere.

»Ach ja? Auf mich wirkten sie ziemlich gekünstelt. Sie haben ihre Unterhosen anbehalten.«

Die Flugbegleiterin kam mit ihren Tabletts, und in der Stille, die folgte, begannen sie zu essen.

In der Sitzreihe vor ihnen, schräg links von Lucan, fiel plötzlich das elektrisierende Wort »Lucan«; unter den abgerissenen Gesprächsfetzen eines kahlköpfigen Mannes von etwa sechzig Jahren und einer hübschen, blonden Frau in den Dreißigern war es deutlich zu hören gewesen. Lucan löste seinen Sicherheitsgurt; er erhob sich und trat auf den Gang, um sie aus seiner Höhe von 1,88 Metern ungehinderter in Augenschein zu nehmen. Auf dem Klapptisch vor sich hatten sie eine Unmenge Zeitungsausschnitte liegen. Ja, es waren alles alte Zeitungsausschnitte, einige aus der tiefsten Vergangenheit, und alle über ihn.

LUCAN VERSCHWUNDEN

LEICHE IN US-POSTSACK ENTDECKT

WER HAT SANDRA RIVETT ERMORDET?

COUNTESS BLUTÜBERSTRÖMT INS KRANKENHAUS

LUCAN LÄUFT FREI HERUM

Lucan ging auf die Toilette, kam zurück und setzte sich wieder an seinen Platz. Inzwischen hatten die beiden ihre Zeitungsausschnitte weggeräumt und sprachen mit gesundem Appetit ihrer Mahlzeit zu.

Gütiger Gott, war das etwa Joe Murray? Ja, jetzt wäre er etwa in diesem Alter. Es war unverkennbar Joe, der zusammen mit seiner Freundin, Maria Twickenhams Tochter, im Kloster St. Columba gewesen war und ihm nachgeschnüffelt hatte. Joe und das Mädchen, die ihm aus dem Norden bis zu den Toren des Hauses gefolgt waren, in dem glücklicherweise gerade Hochzeit gefeiert wurde. Ja, das waren sie. Ambrose, dieser Dummkopf, hatte doch gesagt, er habe ihnen die Ausschnitte überlassen. Lucan vertiefte sich in sein Buch und blätterte in angemessenen Abständen die Seiten um.

Lucan hatte nur Handgepäck dabei. Sobald die Maschine zum Stillstand gekommen war und die Fluggäste hinausschlurfen durften, langte er ins Gepäckfach und fischte seine Reisetasche heraus. Er beeilte sich.

»Komisch«, sagte Joe zu Lacey, als sie dem hochgewachsenen Mann mit der Sonnenbrille zum Ausgang folgten, »wenn man sich auf etwas konzentriert, vermeint man es überall zu sehen. Ich hätte schwören können, daß der

Mann da vorn, drei Reihen vor uns, Lucan ähnlich sieht. Aber natürlich...«

Lacey mußte sich auf die Zehenspitzen stellen, um den Passagier zu erspähen, auf den er zeigte. Es kam ihr vor, als seien viele der Passagiere, die sich jetzt zum Ausgang drängten oder nach ihrem Gepäck in den Fächern griffen, übermäßig groß; sie verstellten ihr den Blick auf den allfälligen Lucan. Das einzige, was sie sah, waren stämmige Menschen, Männer wie Frauen. Einer der Männer trug eine getönte Brille, doch sobald er seine Tasche heruntergeholt hatte, setzte er die Brille ab und steckte sie in seine Brusttasche; schwerlich die Geste eines Lucan, der sich zu tarnen wünschte.

Als Joe und Lacey ihr Gepäck vom Förderband holten, saß Lucan bereits in dem Bus, der in die Stadtmitte von Paris fuhr. Erst da blieb Joe reglos stehen und sagte: »Lacey, ich glaube, der Mann im Flugzeug war tatsächlich Lucan. Weißt du, er hat meinen Blick aufgefangen; ich glaube, er hat mich erkannt; und ja, ich habe ihn erkannt, habe ich wirklich. Aber zu spät; was bin ich doch für ein Narr!«

»Wir hätten ihn anhalten, sogar festnehmen lassen können, noch im Flugzeug«, sagte Lacey. »Der Flugkapitän hat die Befugnis dazu.«

»Ich hätte mich nicht getraut, den Kapitän herbeizurufen«, sagte Joe. »Angenommen, wir hätten uns geirrt?«

»Aber bist du dir denn nicht sicher?«

»Doch, ich bin mir sicher. Schwer zu sagen, was man tun soll.«

»Ach, Joe«, sagte sie, nahm ihr Gepäck und wollte aufbrechen, »und ich dachte, du wolltest mir helfen.«

»Will ich doch auch.« Er blickte sich in der überfüllten Gepäckhalle um. »Natürlich ist er schon auf und davon. Aber vielleicht finden wir ihn ja in Paris. Wenigstens sind wir jetzt sicher, daß er sich in Paris aufhält.«

»Ah, Paris«, sagte Lacey. »Komm, laß uns ein Taxi nehmen.«

14

In seiner geräumigen, vollgestopften Werkstatt war Jean-Pierre gerade dabei, für eine Person mit mehr Geld als Verstand ein Grammophon aus den zwanziger Jahren zu restaurieren, als ein hochgewachsener junger Schwarzer zur Glastür kam und klingelte. Selbst wenn sich Jean-Pierre drinnen aufhielt und die Rolläden hochgezogen hatte, hielt er die Tür manchmal verschlossen; die Gegend war zu unsicher.

Jean-Pierre machte dem entschieden friedfertig wirkenden Kunden auf.

»Sie wollten mich sprechen«, sagte der Mann auf englisch. »Ich bin Dr. Karl K. Jacobs, Patient von Dr. Hildegard Wolf.«

»Treten Sie ein.«

»Sie haben bei mir angerufen.«

»Ja, ich weiß. Sie haben gesagt, Sie hätten von Hildegard genug gehabt; etwas dieser Art. Haben Sie Nachricht von ihr?« Jean-Pierre räumte einen Stapel alter Zeitschriften und Kataloge von einem Stuhl und schob ihn Dr. Jacobs mit dem Fuß hin. »Nehmen Sie Platz.« Er selbst setzte sich auf einen wackeligen Hocker ihm gegenüber.

»Ich hatte genug«, erwiderte Jacobs. »Immerzu redete sie nur von sich selbst, erkundigte sich nach den Voodoo-

Kulten im Kongo, nach den Medizinmännern. Ich hatte genug von diesen Verhören. Die Concierge in der Rue du Dragon sagte mir, wo ich Ihr Geschäft finde.«

»*Genug*, aber jetzt wollen Sie weitermachen?« fragte Jean-Pierre.

»Was wollen Sie wissen?«

»Was wollen *Sie* wissen?«

»Wo sie ist«, sagte Karl Jacobs. »Man hatte mir empfohlen, sie zu konsultieren, dabei hat sie immer nur mich konsultiert. Und dann – weg!«

»So ist sie nun mal.«

»Obendrein beleidigt sie einen. Dauernd will sie mich aufziehen, mich an meinen Ursprung erinnern, so wie sie ihn sich ausmalt. Ich komme zwar mitten aus Afrika, aber deswegen doch nicht geradewegs aus dem Dschungel. ›Was ist mit den Voodoos, mit den Medizinmännern?‹ wollte sie wissen. Woher soll ich über die Medizinmänner, all diese Schwindler, Bescheid wissen? Ich bin ausgebildeter Arzt.«

»Wo arbeiten Sie?« fragte Jean-Pierre.

»In einem privaten Pflegeheim nördlich von Versailles, ich wohne im Marais. Ich fahre mit dem Bus, manchmal benutze ich die Métro und steige um. Was habe ich mit Dschungelmagie und Blutriten zu schaffen?«

»Blutriten?«

»Ja, Blut ist wichtig bei diesen Umtrieben. Warum setzt sie mir so zu?«

»Das geht nur Sie beide etwas an«, antwortete Jean-Pierre. »Ich kann Ihnen eine Tasse Pulverkaffee oder ein Glas Wein anbieten.«

»Wein.«

»Ich weiß, daß Hildegard sich für abergläubische Bräuche interessiert«, sagte Jean-Pierre, als er zwei Gläser Rotwein einschenkte.

»Ja, schon, aber weshalb auf meine Kosten? Schließlich habe ich sie für diese Sitzungen bezahlt. Ich habe meine eigenen Probleme.«

»Psychiater haben ihre Methoden, wissen Sie«, bemerkte Jean-Pierre.

»Aber ich habe sie für ihren Rat bezahlt.«

»Frauen sind kostspielig«, sagte Jean-Pierre. »Schauen Sie – ich versuche, ihren Aufenthaltsort herauszubekommen, ich will's nicht leugnen. Haben Sie eine Ahnung, wo sie sein könnte?«

»In London.«

»Wie kommen Sie auf London?«

»Wenn ich mich verstecken wollte, würde ich dorthin gehen.«

»Woher wissen Sie, daß sie sich verstecken will?«

Karl Jacobs war tadellos gekleidet, er trug einen dunklen Straßenanzug, ein blaues Hemd mit weißem Kragen und eine graugestreifte Krawatte mit dunkelblauen Tupfern. Er saß da und streckte seine langen Beine aus. Ein unangestrengt athletischer Mann. Jean-Pierre wiederholte seine Frage: »Weshalb sollte sie sich verstecken?«

»Ihr Interesse an Voodoo-Kulten, Blutriten, Lug und Trug war ungeheuchelt. Ich glaube, es war etwas Persönliches. Vielleicht steckt sie mit so jemandem unter einer Decke.«

»Wissen Sie etwas über diese Praktiken, Dr. Jacobs?«

»Nennen Sie mich ruhig Karl. Ich heiße Karl Kanzia

Jacobs. Mein Vater war Richter von Beruf, er ist tot. Meine Mutter lebt noch. Sie ist eine bedeutende Staatsbürgerin von Kanzia.«

»Und Kanzia liegt wo?«

»Es ist ein unabhängiges Staatsgebilde in Zentralafrika, etwas nördlich des Äquators.«

»Aber ich kann mir nicht vorstellen, daß es dort noch Hexerei und Zauberei gibt«, gab Jean-Pierre zu bedenken.

»Ach, indirekt weiß ich einiges. Mein Großvater Delihu ist heute noch oberster Stammesältester. Mein verstorbener Onkel war ein Schamane. Er war eindeutig das, was Sie in Ihrer Sprache als Medizinmann bezeichnen. Er bewirkte viel Gutes, besonders mit Riten, Totemtieren und Kräutern und natürlich mit den Schrecken des Glaubens. Der Glaube ist ausschlaggebend. Als Mann der Medizin kann ich bestätigen, daß diese Medizinmänner heilen können, aber wie Sie sagen, gibt es auch jede Menge Hokuspokus. Es kommt darauf an, wo man die Grenze zieht, Jean-Pierre, und Frau Dr. Wolf war genau an diesem Aspekt interessiert, an der Frage der Verantwortung auf seiten des selbsternannten Wunderheilers. Ich persönlich finde, es ist Verrat an wissenschaftlichen Praktiken, mit solchen Heilmethoden zu arbeiten. Andererseits... Sie sagte, wenn eine Heilung herbeigeführt wird, ist es dann nicht einerlei, ob sie durch ein Wunder erfolgt? Soll der Heiler wirklich belangt oder zumindest gerügt werden, wenn er doch heilt? Genau diese Frage hat sie mir vorgelegt. Ich habe sie verneint. Ich habe ihr gesagt, Vorwürfe dürfe es nicht geben, aber dies gehe zu meinen Lasten. Schließlich habe ich für diese Sitzungen bezahlt.«

»Vielleicht kann ich Sie in ihrem Namen entschädigen?«

»Kommt nicht in Frage.«

»Aber es hat sich doch bestimmt gelohnt, mit Hildegard Gespräche zu führen?« sagte Jean-Pierre. »Weshalb wären Sie sonst hier?«

»Sie ist äußerst faszinierend«, gab Karl Jacobs düster zu.

Jean-Pierre fragte, ob sie in Kontakt bleiben könnten, und versicherte Karl, sobald Hildegard zurückgekehrt sei, was sie bestimmt tun werde, werde er dafür sorgen, daß Karl in den vollen Genuß der Sitzungen komme, die sie ihm schuldig sei. »Wenn Sie weitere Geistesblitze oder Eingebungen haben sollten, wohin sie sich gewendet haben könnte, rufen Sie mich unverzüglich an«, sagte Jean-Pierre. »Ich will sie wiederhaben. Seit mehr als fünf Jahren ist sie meine Freundin und Lebensgefährtin, ich kann ohne sie nicht leben. London könnte stimmen. Ich werde der Sache nachgehen.«

Als Karl fort war, holte Jean-Pierre den Zettel aus seiner Tasche, auf dem er sich die Antworten der Patienten auf seine Fragen notiert hatte. Hinter den Namen Dr. Karl K. Jacobs kritzelte er das Wort »vielversprechend«. Dann ging er die Liste noch einmal durch. Da stand noch ein anderer Name, der ebenso vielversprechend schien: Mrs. William Hane-Busby.

Madrid, das Paradiso. – Dort hatte er bereits angerufen, ohne Erfolg.

Gasthof Seelach. – Es gab so viele Fremdenpensionen, auf die die Beschreibung paßte. Doch bei keiner hatte sich ein Hinweis auf Hildegard ergeben. Dann also London. »Wenn ich mich verstecken wollte, dann in London«, hatte

Jacobs in entschiedenem Tonfall gesagt. »London, am Queen's Gate...«, hatte Mrs. Hane-Busby eher nachdenklich gesagt.

Jean-Pierre beschloß, in den Adreßbüchern sämtliche Hotels und Pensionen am Queen's Gate, London, nachzuschlagen. Es war zwar erst halb sechs, aber für heute machte er Schluß.

15

Hildegard lag in ihrer Badewanne und versuchte, den Ursprung einer leicht trostlosen und unangenehmen Empfindung zu ergründen, die der Tagesablauf bei ihr hinterlassen hatte. Es war 18.30 Uhr. Das Beste an dem Hotel war sein fließendes Wasser, so richtig heiß; Hildegard gönnte sich das häufig vor dem Abendessen: die besänftigende Wirkung eines heißen Bades. Woher rührte ihr Unbehagen? Morgens um zehn war sie aus dem Hotel gegangen und hatte einen Bus zum Marble Arch genommen. Von dort war sie die Oxford Street entlanggeschlendert und hatte in mehrere Kaufhäuser hineingeschaut. Sie hatte keine Kleider mitgenommen, und allmählich verspürte sie das Bedürfnis, sich umzuziehen. Am Morgen hatte sie hintereinander eine Wolljacke, ein Paar Wildlederschuhe, vier Nylonstrumpfhosen, eine braune Jeans, ein braunes Wollhemd und einen Zerstäuber mit einem englischen Eau de toilette namens Amour de Boudoir erstanden. An dieser Stelle hielt die badende Hildegard in ihren Grübeleien inne. Als sie nämlich am Nachmittag die Gänge im Erdgeschoß der Kaufhäuser durchstreift hatte, war ihr wieder ihre Studienzeit eingefallen, da sie sich ihren Lebensunterhalt mühsam mit einer Teilzeitstelle in der Handtaschenabteilung eines Münchner Kaufhauses verdiente. Sie hatte in der Kosmetikabteilung angehalten, um die Parfums, die ihr eine junge Frau anbot, durchzuprobieren. Es kam Hildegard vor, als sehe die Frau weg und wieder zu ihr hin und wieder weg. Sie glich Ursula, der Kosmetikverkäuferin, die ihr damals die Idee eingegeben hatte, sich unechte Stigmata zuzulegen. Mit ihrer Schminke konnte Ursula die allergewöhnlichsten Gesichter von Grund auf verwandeln. Hildegard war wie gebannt gewesen. Eines Tages hatte sie einem jungen Mann, der unbeschwert sagte, er wolle als jemand posieren, der in ein Duell verwickelt gewesen sei, eine romantische Narbe auf die linke Wange gemalt.

Als ihr Plan dann stand, nahm Ursula an Hildegards Handteller eine tiefe, aber unechte Einkerbung vor. Allmonatlich ließ Hildegard, damals noch Beate Pappenheim auf der Höhe ihres Erfolgs, wenn sie ihre Periode hatte, Ursula zu sich kommen und ihre »fünf Wundmale« so täuschend echt auffrischen, daß sie abfotografiert werden konnten.

War die junge Frau in dem Kaufhaus in der Oxford Street wirklich Ursula? Es war unglaublich, sie glich Ursula aufs Haar – und dann ihre verstohlenen Blicke auf Hildegard, hinsehen, wegsehen, wieder hinsehen, wieder wegsehen... Ob sie mich wohl erkannt hat, fragte sich Hildegard.

Dann ging ihr auf, wie vollkommen lächerlich ihre Annahme war. Schon vor zwölf Jahren mußte Ursula über dreißig gewesen sein. Jetzt wäre sie Mitte vierzig, viel älter als die junge Frau in dem Kaufhaus heute. Hildegard riß sich zusammen. Sie begriff, daß sie selbst dem Mädchen seltsame Blicke zugeworfen haben mußte, welche die seltsamen Blicke auslösten, mit denen sie ihrerseits bedacht wurde. Hildegard hatte sich mit dem Parfum bestäuben lassen, hatte welches gekauft und war gegangen. Amour de Boudoir – ach ja...

Trotzdem war Hildegard sich im klaren, daß sie immer noch entdeckt, enttarnt werden konnte. In London fühlte sie sich gefährdeter denn je in Paris, vielleicht weil sie mit ihrem dunklen, kurzgeschnittenen Haar, das ihren eierförmigen Kopf umschmiegte, sehr französisch wirkte. Ihr deutsches Aussehen hatte sie abgelegt, einfach indem sie in Frankreich lebte, französisch speiste und französische Luft einatmete. Ihre Haut war noch immer blaß, ihre Taille dagegen schmal, anders als damals, als sie aus München geflohen war. In Paris war sie in der Menge untergegangen, aber in London?

»Wer einen Kieselstein verstecken möchte, wählt am besten den Strand« – ein alte und wahre Maxime. Als der Skandal losbrach, suchte Hildegard – oder wie sie damals hieß, Beate – Zuflucht in Spanien, in Ávila, dem Geburtsort zweier berühmter katholischer Visionäre, der heiligen Teresa von Ávila und des heiligen Johannes vom Kreuz. Niemandem kam es in den Sinn, ausgerechnet in dieser Atmosphäre erhitzter romantischer Ekstase nach ihr zu suchen. Sie galt als Betrügerin. Niemand fahndete nach ihr in Ávila, wo eine wahrhaft heilige Stigmatisierte aller Wahrscheinlichkeit nach länger verweilen würde. Ja, sie blieb sechs Monate in einem Kloster in Ávila, wo sie die Nonnen mit ihrer Frömmigkeit und Güte, ihren täglichen Besuchen in der Kathedrale, im Wohnhaus und im Geburtshaus der heiligen Teresa sowie mit ihren meditativen Spaziergängen im Schatten der hohen, alten Stadtmauern von Ávila beeindruckte. Immerhin, so hatte sie damals schon wie heute im Bad in ihrem Londoner Hotel überlegt, habe ich offenbar eine Reihe von Heilungen bewirkt, wenn auch vielleicht kraft Suggestion. Aber ich habe während meiner Zeit als Stigmatisierte Menschen geheilt. Die Rolle lag mir.

Dann fragte sie sich, ob sie sich die Haare blond färben sollte. Für den Fall, daß einer der Lucans sie aufspürte, sollte sie sich lieber ein wenig maskieren.

Zu den Namen der Freunde Lucans, die in jenen Tagen nach dem Mord in den Zeitungen standen, gehörten auch die von Maria und Alfred Twickenham. Marias polizeiliches Verhör in Südafrika, wo sie sich damals aufhielt, war nur eines von vielen; Aufmerksamkeit erregte es vor allem dank Marias Glamour und Schönheit. Ihr Bild paßte gut in die Sensationspresse. Der ganze Fall paßte gut in die Sensationspresse. Ein Adliger wurde wegen eines brutalen Mordes gesucht. Er hatte die Nanny mit einem Bleirohr erschlagen, das eigens präpariert worden war, um die Schläge abzudämpfen. Hatte er mit der Nanny ein Verhältnis gehabt? Nein, das hatte er nicht. Weit gefehlt, die Schläge waren für seine Frau bestimmt gewesen.

In der Mordnacht besuchte Lucan, von panischem Schrecken erfaßt, einige seiner Freunde. Wichtigster Freund in London war der inzwischen verstorbene Alfred Twikkenham. Seine ehemalige Gattin lebte vermutlich noch. Hildegard wußte, daß die anderen Freunde Lucans entweder tot waren oder, falls sie noch im Lande weilten, allen Nachforschungen aus dem Weg gehen würden.

In ihrem Bestreben, sich vor Lucan und Walker mit ihren bedrohlichen Kenntnissen zu schützen, und um aus dem Gefühl des Eingesperrtseins und ihrer immer neurotischeren Gemütsverfassung auszubrechen, brachte Hildegard doch genügend Mut auf, um eine Entscheidung zu fällen. Abgesehen davon, daß sie sich die Haare aufhellen ließ, wollte sie mehr tun als sich verstecken. Als sie die Bücher überflog, die zum Fall Lucan verfaßt worden waren, fiel ihr auf, daß alle reich bebildert waren: Lucan in Eton, Lucans Verlobungsporträt, Lucan mit seinen Freunden in seinen Lieblingskasinos: Ach, nun schau dir diese Leute an, sieh genau hin. Hildegard sah genau hin: Doris McGuire, besagte die Bildunterschrift, Charles McGuire – Maria Twickenham. Ja, das war Maria Twickenham, die laut Telefonbuch noch immer in demselben Haus in Lennox Gardens lebte, das ihr Gatte zum Zeitpunkt der Mordtat bewohnt hatte.

Hildegard – mit ihrem Talent, neue Kampfkraft zu schöpfen – war bereits zum Angriff übergegangen. Sie würde Lucan jagen, ihm, falls völlig unabdingbar, drohen; nicht umgekehrt.

Sie würde Jagd auf Lucan machen, ihn zur Strecke bringen, ihn stellen, ihn reizen, ihn herausfordern, ihr Geheimnis zu lüften. »Sie sind des Mordes und des versuchten Mordes angeklagt«, könnte sie sagen, »ich nicht. In Anbetracht der Beweislast haben Sie nicht die geringste Chance; Sie können keine mildernden Umstände zu Ihrer Entlastung vorbringen; ich schon.« Und sie dachte: Ganz zu schweigen von meinen Papieren, die so sorgfältig in Marseille angefertigt wurden.

Vielleicht handelte es sich darum, Maria Twickenham kennenzulernen. Einen Anfang zu machen.

Inzwischen hatte Hildegard häufig genug in ihrem Mietwagen vor dem Haus in Lennox Gardens gesessen, um festzustellen, daß es längst nicht mehr die elegante Villa von vor fünfundzwanzig Jahren war. Zwar hatte es seine Eleganz nicht gänzlich eingebüßt, war jedoch in Etagenwohnungen aufgeteilt worden. Es herrschte ein Kommen und Gehen von Männern und Frauen in den Dreißigern, geschäftsmäßig und geschmackvoll gekleidet; meist verließen sie das Haus gegen neun Uhr morgens und kehrten gegen sechs Uhr abends wieder zurück. Einige kamen und gingen zur Mittagszeit. Jeden Morgen trat eine weißhaarige, korpulente Frau von etwa sechzig Jahren, die durchaus eine ältere Version von Marias Foto sein mochte, in Wolljacke und Hosen gekleidet, aus dem Haus und kam mit wenigstens einer gefüllten Einkaufstasche zurück. Das muß Maria Twickenham sein, dachte Hildegard. Doch nein, als sie ihr mit einiger Mühe zum nahen Supermarkt folgte, gelang es Hildegard, einen Blick auf den Namen auf ihrer Kreditkarte zu werfen. Er lautete nicht Twickenham, Marias Name, der Name im Telefonbuch. Er lautete Louise B. Wilson.

Wenigstens waren die Warterei und Beobachterei, die heimliche Beschattung eher nach Hildegards Geschmack als das langweilige, das äußerst langweilige tägliche Brüten in ihrem Hotelzimmer. Wieder machte sie sich auf den

Weg, um vor der weißen Eingangstür des Twickenhamschen Hauses mit den Türschildern aus glänzendem Messing zu sitzen. Es war das fünfte Mal, daß Hildegard so wartete, als ein Taxi vorfuhr und eine hochgewachsene, schlanke Frau in den Sechzigern aus dem Haus in das Licht der abendlichen Laternen trat. Sie stieg ins Taxi. So gut sie konnte, nahm Hildegard die Verfolgung auf, wurde jedoch an einer Verkehrsampel abgeschüttelt. Sie war sich sicher, daß die Frau in dem Taxi Maria war.

Am nächsten Morgen gegen elf Uhr zeigte sich wieder die korpulente, weißhaarige Louise B. Wilson. Hildegard sprang aus ihrem Wagen und ging auf sie zu. »Entschuldigen Sie«, sagte sie. »Könnten Sie mir wohl sagen, ob in diesem Haus Zimmer oder Wohnungen zu vermieten sind?«

»Das weiß ich auch nicht«, antwortete die Frau. »Ich bin nur die Haushaltshilfe von Mrs. Twickenham. Sie müßten sie schon selber fragen.«

»Ist sie zu Hause?«

»Nun, wenn Sie ein Empfehlungsschreiben haben. Haben Sie eine Empfehlung – ich meine, wer hat Sie geschickt?«

»Ja, natürlich. Ich habe den Namen und die Anschrift von jemandem in Paris, wo ich lebe. Ich bin nur für einige Monate zu einem Hochschulkurs in London.«

Die Parterrewohnung war Maria zur Eigennutzung vorbehalten. Louise B. Wilson bat Hildegard, in dem warmen Wohnzimmer zu warten, während sie Erkundigungen einholte. Als sie sich in einen der gepolsterten Sessel setzte, vermeinte Hildegard in dem großen Spiegel über dem Kaminsims eine andere Frauengestalt hinter sich zu erkennen. Doch als sie sich umwandte, war da niemand. Natürlich, meine blonden Haare, fiel Hildegard wieder ein. Die flüchtige Episode versetzte Hildegard in eine erfinderische Stimmung. Als die hochgewachsene Maria lächelnd ins Zimmer kam, lag Hildegard bereits eine plausible Antwort auf der Zunge.

»Eine alte Schulfreundin von Ihnen in Paris hat mir Ihren Namen gegeben.«

Diese von Hochstaplern angewandte Taktik verfängt gewöhnlich. Die Erwähnung einer Schulfreundin, an die man sich nicht mehr erinnern kann, erregt im allgemeinen keinen Verdacht, sondern ruft vielmehr leichte Schuldgefühle wach. Statt daß man denkt: »Dieser Mensch ist bestimmt ein Schwindler. Ich kenne keine solche Schulfreundin, jedenfalls erinnere ich mich nicht«, fällt die Reaktion wahrscheinlich eher so aus: »Mein Gott, bin ich denn schon so vergeßlich geworden? Oder so allürenhaft? Oder so meiner Jugendzeit entfremdet? Weiß ich nicht einmal mehr, wer sich verheiratet hat? Dann mache ich mir wohl nichts aus ihrem Schicksal.«

Tatsächlich sagte Maria: »Der Name kommt mir vage bekannt vor. Wie hieß sie mit Mädchennamen?«

»Ich glaube, Singleton, aber vielleicht täusche ich mich. Wie Sie vermutlich wissen, hat sie in Carters' Publications eingeheiratet, hochgewachsen, brünett, sehr sportlich. Nach ihrer Scheidung hat sie, glaube ich, einen anderen geheiratet. Sie hat sich so gut an Sie erinnern können und weiß alles über Sie hier in London und was Sie durchzustehen haben. Ich bin sicher, Sie können sich noch an…«

Hildegard hatte eine Pariser Adresse auf der Zunge, aber die war gar nicht erforderlich. »Ja, natürlich«, sagte Maria. »Natürlich erinnere ich mich an sie. Und Sie nehmen doch ein Täßchen Kaffee, nicht wahr? Ich wollte gerade eben welchen machen. Gehen wir in die Küche.«

Dort erzählte sie Hildegard, ja, in der übernächsten Woche werde im vierten Stock eine Zweizimmerwohnung frei. Der Mieter sei gerade auf der Arbeit und habe bestimmt nichts dagegen, wenn sie Hildegard die Wohnung zeige. »Werden Sie lange in London bleiben?«

»Ich muß eine Recherche abschließen. Ich bin Psychiaterin.«

»Wie spannend!« (Das sagten sie alle.)

Wie die meisten Menschen war Maria fasziniert von der Vorstellung, eine Psychiaterin zur Hand zu haben, mit der sie sich unterhalten konnte, ohne den entscheidenden Schritt zu wagen, selber eine zu konsultieren. Maria fehlte durchaus nichts, aber sie bildete sich ein, daß ihr etwas fehle; in Wahrheit war ihr Problem die Langeweile.

Für dieses Problem sollte sich bald eine Lösung finden. Obwohl Maria eigentlich eine ganze Reihe von Freundinnen besaß, hatte sie schon seit vielen Jahren keinen Menschen wie Frau Dr. Wolf kennengelernt. Hildegard Wolf war der Name in ihrem Paß und auf ihrer gefälschten Geburtsurkunde. Sie hatte ihn nicht gewechselt, solange sie sich in London versteckte, damit es, falls sie entdeckt würde, nicht danach aussah, als verstecke sie sich. Und es war viel leichter, mit den Leuten unter einem Namen zu verkehren, an den sie sich gewöhnt hatte. So war sie denn für ihre entzückte Vermieterin Frau Dr. Wolf (»Nennen Sie mich ruhig Hildegard!«).

Während sie sich unterhielten, hatte Maria fast das Gefühl, als könne sie sich an Hildegards apokryphe Fay Singleton erinnern, so sehr glich sie jedenfalls den Mädchen aus ihrer Zeit.

»Und natürlich kannten Sie Lucan, oder?« fragte Hildegard beherzt, als der Vormittag sich hinzog. »Fay hat mir davon erzählt. Sie müssen schockiert gewesen sein, als sich herausstellte, daß jemand, den Sie so gut kannten, wegen Mordes gesucht wurde.«

Inzwischen saßen sie, einen Drink in der Hand, in Marias Wohnzimmer. »Zunächst konnten wir es einfach nicht fassen. Ich war damals ja fort. Mein verstorbener Ex-Mann und ich glaubten es, ja, und glaubten es doch auch wieder nicht. Jetzt, wo wir mehr wissen... Schließlich haben die Zeiten sich geändert, unser Lebensstandard ist gesunken, wir alle fühlen uns anders. Oder fast alle von uns, die ihn noch von früher kannten. Die meisten meiner Freunde, die Lucan kannten, haben keine hohe Meinung mehr von ihm. Er hätte sich wenigstens vor Gericht verantworten müssen. Und heute tut uns allen der Sohn der armen Sandra Rivett leid, der ihrer unter so tragischen Umständen beraubt wurde, ohne sie je als Mutter gekannt zu haben; er meinte ja, sie sei seine Schwester. Das arme Mädchen. Sie wissen natürlich, daß Lucky Lucan der größte Leimsieder war. Ich war noch zu jung, als daß es mir aufgefallen wäre, falls Sie wissen, was ich meine. Er war einer von diesen alten Knaben. Sehr gut aussehend. Aber ich kenne jemanden, der mit ihm zur Schule ging, in

Eton. Er saß neben ihm im Chor. Seiner Meinung nach war Lucan ein furchtbar langweiliger Mensch. Und das gleiche hörte man vom Garderegiment.«

»Ist er noch am Leben?« fragte Hildegard.

»Ich glaube schon. Ich persönlich glaube es. Die wenigsten tun's. Aber meine Tochter Lacey versucht ihm nachzustellen. Sie will ein Buch über ihn schreiben. Gerade jetzt hält sie sich mit Luckys altem Freund Joe Murray – dem Zoologen, bestimmt haben Sie von ihm gehört – in Paris auf und versucht ihn aufzuspüren.« Sie nahm ein Foto zur Hand und reichte es Hildegard. »Das ist Lacey«, sagte sie.

»Wie hübsch«, kommentierte Hildegard ungespielt.

»Und intelligent«, fügte Maria hinzu.

16

Für Hildegards allein gelassene Patienten wurde Jean-Pierres Werkstatt allmählich zur Wallfahrtsstätte.

Zwei Tage nach ihrem Telefongespräch stand Dr. Hertz vor Jean-Pierres Ladentür. Er war ein schmächtiger Mann Mitte vierzig, mittelgroß und trug getönte Brillengläser. Er klingelte, und Jean-Pierre machte ihm auf.

»Ich bin Hertz.«

»Kommen Sie herein.«

»Haben Sie von Hildegard gehört?«

»Und wenn ich von ihr gehört hätte?«

»Ich möchte es wissen. Ich möchte wissen, was ihr zugestoßen ist. Ich hatte für heute nachmittag einen Termin bei ihr.«

»In ihrer Praxis?«

»Ja, natürlich.«

»Dann sind Sie also doch Patient?«

»Nennen Sie es Patient, nennen Sie es Kollege. Sie hat sich mir anvertraut. Wir unterhalten uns auf deutsch.«

In diesem Augenblick hätte Jean-Pierre ihn erstechen mögen, in Wirklichkeit tat er es natürlich nicht. Er sagte: »Was wissen Sie über Hildegards Jugend?«

»Alles Wesentliche. Ich weiß, daß sie sich als Stigmatisierte ausgab. Das bewundere ich. Ich kann ihr keine Vorwürfe machen, daß sie mit ihrem Blut etwas Schöpferisches angestellt hat. Was sonst könnte eine phantasievolle Frau mit ihrem Monatsfluß anfangen? Ich bin Psychologe. Jetzt höre ich, daß dieser Lucan daherkommt, an dessen Händen eine sehr viel schlimmere Art Blut klebt, dessen Geldeinnahmen zu versiegen drohen, da fast alle seiner Freunde nicht mehr sind. Er hat von Hildegards Machenschaften gehört und will sie wegen ihres alten Verbrechens bloßstellen.«

»Und sein eigenes altes Verbrechen?« fragte Jean-Pierre.

»Lucan ist schwerfaßbar. Wußten Sie, daß Hildegard seine Pariser Adresse nie gekannt hat? Und schließlich stellte sich heraus, daß es gar nicht Lucan war, sondern der andere Mann, dieser Walker. Nach diesem durchtriebenen Prinzip haben die beiden bis vor ein paar Jahren gelebt, mein Freund. Jetzt, wo wir die DNS identifizieren können, ist es für Lucan schwieriger geworden, und er muß noch gerissener sein.«

»Was wollen Sie von Hildegard?« fragte Jean-Pierre.

»Ich bin auf ihren Trost angewiesen. Ich beweine meine tote Frau, seit drei Monaten schon.«

»Auch ich bin auf ihren Trost angewiesen.«

»Aber ich will sie heiraten. Sie nicht.«

»Woher wollen Sie das wissen?«

»Weil Sie es nicht getan haben.«

»Wir sind seit mehr als fünf Jahren zusammen. Sie will nicht heiraten.«

»Wenn ich wüßte, wo sie steckt, würde ich mich auf den Weg machen und sie aufsuchen. Sie könnte mich heiraten.

Wir haben einen gemeinsamen Beruf.« Hertz sah sich in der Werkstatt um. Auf seiner Werkbank hatte Jean-Pierre ein reichverziertes Modell des Mailänder Doms aus Holz und mit eingelegtem Elfenbein stehen. Es war äußerst kunstvoll. Jean-Pierre war dabei, es zu restaurieren. Neben dem Modellbau lagen griffbereit die winzige Pinzette und die Elfenbeinteile. Jean-Pierre wußte, was Hertz mit seinem Blick sagen wollte: »Mit einem simplen Handwerker als Gefährten kann sie doch wohl nicht vollauf zufrieden sein. Ich bin ihr ebenbürtig, ein Studierter.«

»Aber sie hat nicht bei Ihnen Zuflucht gesucht«, sagte Jean-Pierre.

»Nein, aber sie hat Sie verlassen«, erwiderte Hertz. »Ich hatte gehofft, Sie würden wissen, wo sie hingefahren ist.«

»Warum versuchen Sie es nicht in Nürnberg, wie Sie selber vorgeschlagen haben. An ihrem Geburtsort?«

»Das werde ich. Ich bin mir sicher, daß sie an mich denkt.«

»Ich nicht.«

Hildegard dachte nicht an Dr. Hertz. Seit ihrer Flucht aus Paris hatte sie nicht einen Gedanken an ihn verschwendet.

Jetzt dachte sie nur an ihr Vorhaben, Lucan zu verfolgen, statt von ihm verfolgt zu werden. Da es ihr gelungen war, sich in Maria Twickenhams Haus einzuschleichen, eröffnete sich die Möglichkeit eines Zusammenschlusses mit Lacey und Joe Murray bei der Suche nach Lucan.

Hildegard sollte am folgenden Montag in Marias Wohnung einziehen. Sie hatte eine Kaution gezahlt. Dennoch hatte sie nicht die Absicht, die Wohnung wirklich zu beziehen. Sie wollte nach Paris zurückkehren und Lacey und

Joe möglichst rasch bitten, ihr einen Gefallen zu tun. »Maria«, sagte sie am Telefon. »Hier ist Hildegard Wolf. Maria, ich muß zurück nach Paris.«

»Ach nein! Das heißt also, Sie werden nicht hier einziehen?«

»Leider nein. Ich...«

»Und Ihre Kaution...«

»Die Kaution – vergessen Sie die.«

Maria, die dieser Tage Geld benötigte, war ganz froh, die Kaution vergessen zu dürfen. Aber sie sagte: »Ich bin furchtbar enttäuscht«, und meinte es ehrlich. Sie war in den Bannkreis von Hildegard geraten.

»Oh, ich werde wiederkommen. Wir sollten in Kontakt bleiben. Wissen Sie, Maria, ich glaube, daß ich Lacey bei ihrem Buch helfen kann. Ich habe Freunde, die ihr helfen könnten, Lucan aufzutreiben. Ich weiß, daß er sich jüngst in Paris aufgehalten haben soll. Wenn Sie mir Laceys Pariser Adresse oder Telefonnummer geben, setze ich mich mit ihr in Verbindung. Und mit Dr. Murray.«

»Wissen Sie was? Erst gestern habe ich von Lacey gehört. Sie haben in Paris eine schöne Zeit gehabt, aber andauernd verpassen sie Lucan. Am letzten Tag der Saison glaubten sie, ihn auf der Galopprennbahn Longchamp gesehen zu haben, aber sie kamen zu spät. Lacey wäre entzückt, wenn sie ihn auffinden könnte. Wirklich, Hildegard, sie will ihn nicht – keiner von beiden will ihn der Polizei übergeben. Sie will ihn nur interviewen, anonym, zu seiner Wanderschaft in den vergangenen fünfundzwanzig Jahren. Sie brauchen keine Angst zu haben, daß sie Lucky Lucan der Polizei ausliefern wollen.«

Hildegard, die derlei Ängste durchaus nicht hatte, notierte sich den Namen und die Telefonnummer des Pariser Hotels, in dem Joe und Lacey wohnten.

»Sagen Sie ihr, sie soll daran denken, daß wir Lucan so gut nun auch wieder nicht kannten«, sagte Maria. »Er hat Siebzehnundvier, Würfel und Mini-Bakkarat gespielt. Wir dagegen Bridge.«

»Ich werde mit Ihnen in Verbindung bleiben, Maria.«

»Ach ja, bitte tun Sie das, Hildegard.«

Unter dem Namen Walker hatte Lucan seinen Scheck auf der Bank eingelöst und sich einen hohen Betrag in bar auszahlen lassen. Am nächsten Tag verlor er alles beim Pferderennen; zu allem Überfluß war es ein von Regenwolken verdüsterter Tag, der durch den plötzlichen Anblick seiner beiden Verfolger Joe Murray und der Tochter der Twikkenhams durcheinandergeriet. Lucan hatte den Eindruck, daß sie seinen Blick aufgefangen hatte und sehr verblüfft war. Er wartete nicht ab, wie sie sonst noch dreinschaute, sondern tauchte in der Menschenmenge unter, die sich auf der Suche nach ihren Autos oder dem Obdach einer Bar zerstreute.

Er war jetzt die ganze Zeit über wachsam, viel wachsamer als früher, als er in diesem oder jenem von Afrikas weitflächigen, unbekannteren Staaten Asyl gefunden hatte. Seine dortigen Helfershelfer, Politiker und Stammesälteste, waren krank, tot oder ausgewechselt. In fast allen komfortablen Schlupfwinkeln des Kontinents erhob die Demokratie ihr bedrohliches Haupt. Selbst bei Anwendung des einfachen Tricks, seine Identität stets aufs neue mit der von Walker zu vertauschen, geriet er immer leichter mit dem Gesetz in Konflikt. Der Gegner – das waren jetzt DNS-Proben und andere neue Formen der Durchdringung nichtssagender Oberflächen durch die Wissenschaft.

Von dem lausigen Zimmer in der Nähe der Place Vendôme, das er bei seiner Rückkehr nach Paris bezogen hatte, rief Lucan in seiner früheren Wohnung an.

»Ja, bitte?« Es war Walkers Stimme. Lucan legte den Hörer auf. Walker mußte von der Bildfäche verschwinden. Es gab für ihn keinen Platz mehr in seinem Lebensplan, es gab nicht genügend Geld für zwei.

Jeder Spieler verliert am Ende, und wenn er es sich nicht leisten kann zu verlieren, ist es bezeichnend für seine Lage, daß er die Schuld an seinem »Pech im Spiel« immer öfter der Ehegattin zuschiebt und diese ihrerseits in zunehmendem Maße ihre Unzufriedenheit mit ihrem beschränkten häuslichen Leben herauskehrt. Unter diesen Umständen gedeiht keine Beziehung. Es ging gar nicht um Lucans Kinder; Lucan hatte das Symbol seiner Pechsträhne hassen gelernt: seine Frau und die stattlichen Summen, die die Gerichte ihr zugesprochen hatten, und sich dazu entschlossen, sie zu beseitigen. Er war stümperhaft vorgegangen.

Jetzt nahm Walker ihre Stelle ein. Wieder einmal war Lucan an das Ende einer schicksalhaften Wendung gelangt. Alte Freundschaften gingen auseinander; Bekannte waren tot oder lagen im Sterben, oder sie hielten sich stets anderswo auf und taten etwas anderes. Lucan war noch am Leben? Wen scherte das? Walker war zu einer Belastung geworden.

Lucan erinnerte sich noch lebhaft an den Horror seiner verpatzten Mordanschläge. In seinen fiebrigen Anrufen in jener Nacht im Jahre 1974 hatte er, wie verlautete, unzusammenhängende Sätze gestammelt, aus denen die Wörter »Schweinerei« und »Blut« herauszuhören waren. Er nahm sich vor, daß es bei der Beseitigung Walkers kein Blut, keine Schweinerei geben durfte.

Nachdem er in Longchamp so viel Geld eingebüßt hatte, dachte er, jetzt könne er ebensogut auch Jean-Pierre Roget, den Geliebten Hildegard Wolfs, aufsuchen, um herauszufinden, ob es Nachricht von ihr gab, und im Austausch für seine gefährliche Mitwisserschaft vielleicht eine Kleinigkeit einzustreichen.

Jean-Pierre legte gerade letzte Hand an eine knifflige neue Einlegearbeit an – eine Kommode für ein Museum für antike Möbel –, als die Tür zu seiner Werkstatt aufging und eine gutaussehende, dunkelhaarige Frau von etwa fünfunddreißig Jahren eintrat, die Jean-Pierre, bei seinem scharfen Verstand, eine von Hildegards Patientinnen zu sein schien. Er hatte recht.

»Ich bin Mrs. Maisie Round, und ich bin gekommen, um mit Ihnen zu konversieren«, erklärte sie.

»Ach, und ich dachte, Sie hätten gesagt, Sie wollten Hildegard auf Schadenersatz verklagen, Mrs. Round. Hat Ihr Anwalt Ihnen davon abgeraten?«

»Mein Guru zieht die Auseinandersetzung Auge in Auge vor, Monsieur Roget. Gewöhnlich hat sie recht.«

»Wissen Sie, ich habe keinen Kontakt mit Hildegard«, sagte Jean-Pierre.

»Ich muß konversieren. Ich bin zu dieser Lokalität gekommen, um das Problem anzusprechen, daß Frau Dr.

Wolf mich traumatisiert hat – sie hat mich sitzenlassen. Im Endeffekt bin ich, statt geheilt zu sein, ein schlimmeres Wrack als vorher. Ich habe mir einen Heiratsantrag entgehen lassen. Ich möchte stipulieren, daß ich, wenn diese Situation sich perpetuiert, Rekurs auf Hilfe in einer privaten Einrichtung des Lebensbeistands nehmen muß.«

»Kann Ihnen Ihr Guru denn nicht beistehen...?«

Ein hochgewachsener Mann hatte den Laden betreten. Dieser melonenförmige Schädel... Walker? – Nein, Lucky Lucan. Er war eingetreten, bevor er Maisie Round sehen konnte, die hinter Jean-Pierre an seiner Werkbank stand.

»Lord Lucan«, sagte Jean-Pierre, »darf ich Ihnen Mrs. Maisie Round, eine von Frau Dr. Wolfs Patientinnen, vorstellen?«

»Lord Lucan!« rief sie aus.

Lord Lucan hatte sich umgedreht und fluchtartig die Werkstatt verlassen. Sie konnten gerade noch sehen, wie er am Ende der Straße ein Taxi herbeiwinkte.

»Der kommt wieder«, meinte Jean-Pierre. »Er ist auf Geld aus.«

»Bin ich verrückt, oder ist das der Lucan, der vor Jahren seine Nanny ermordet hat?«

»In beiden Punkten haben Sie recht. Ich fürchte, ich muß meinen Laden jetzt dichtmachen. Ich komme sonst zu spät zu einer Verabredung zum Mittagessen, daher das Durcheinander.«

Walker durchquerte Paris in einem Taxi. Es kam ihm vor, als habe er einen Großteil seines Lebens damit verbracht, Städte in Taxis zu durchqueren. Lima, Rio, Boston, Glasgow, London, ganz zu schweigen von Bulawayo, Lagos und Nairobi. Alles nur, um Lucan zuliebe von einem Punkt zum anderen zu gelangen. Jetzt war es Paris, von Nordost nach Süden, von der Banque Suisse zur Crédit Parisien, und diesmal ohne jede Hoffnung im Herzen. Das Konto in der ersten Bank war von einem Tag auf den anderen geschlossen, das gesamte Guthaben in zwei Vorgängen abgehoben worden, und dies wiederum einen Tag, nachdem im Namen Walkers eine hohe Einzahlung erfolgt war. Lucan mußte nach Paris zurückgekehrt sein, er mußte ein Spielkasino oder, laßt uns nachdenken, ja, ein letztes Rennen in Longchamp besucht und den gesamten Zaster seines schottischen Bekanntenkreises verspielt haben. Wenn es auch in der Parisien keine Einlagen mehr gab, stünde Walker praktisch ohne einen Pfennig da, allein in einer Mietwohnung, deren Miete er seit acht Wochen schuldig geblieben war. Bald wäre er obdachlos.

Als sich kurz darauf herausstellte, daß auch sein Konto bei der französischen Bank leer war, fuhr er, diesmal mit der Métro, zu Jean-Pierres Werkstatt.

»Nein«, sagte Jean-Pierre, als Walker ihm ohne viel Federlesens die Notwendigkeit eines »Kredits« klarmachte. »Walker«, sagte Jean-Pierre, »entweder sind Sie Lucan, in welchem Falle Sie wegen Mordes und versuchten Mordes gesucht werden, oder Sie sind Lucans Double und haben sich der Straftat der Begünstigung schuldig gemacht, weil Sie über einen längeren Zeitraum einem Schwerverbrecher dabei geholfen haben, sich dem Zugriff der Justiz zu entziehen; mit anderen Worten, Sie sind in jedem Fall ein Krimineller und haben die Güte, meine Werkstatt zu verlassen.«

»Beate Pappenheims Geschichte ist nicht sehr hübsch. Der alte Haftbefehl, der gegen sie vorliegt, ist nicht aufgehoben worden.«

»Vergeuden Sie nicht meine Zeit. Das gilt für Sie beide.«

»Wir sind schwerer zu fassen als Hildegard.«

Ein Mann kam herein und nahm sofort Jean-Pierres Aufmerksamkeit in Anspruch. Walker sagte: »Ich komme später wieder«, und ging. Der Mann suchte ein antikes Kamingitter. Jean-Pierre konnte ihm zwei vorlegen. Es wurde viel diskutiert und abgemessen. Schließlich wählte der Kunde eines der Gitter, zahlte und trug es unterm Arm davon. Als er aus dem Geschäft trat, stand ein weiterer Mann vor der Tür. Der Neuankömmling kam herein. Es war der Schwarzafrikaner, Dr. Jacobs.

»Haben Sie Neuigkeiten?« fragte Dr. Jacobs.

»Ja. Ich habe sie in einem Hotel in London ausfindig gemacht, wo sie sich unter ihrem eigenen Namen, Hildegard Wolf, angemeldet hat. Sie weiß nichts davon, aber heute abend reise ich nach London ab, wo ich mich zu ihr gesellen werde.«

»Richten Sie ihr aus, daß ich mir Sorgen gemacht habe. Ich möchte die Sitzungen fortsetzen.«

»Wenn Sie Hildegard wirklich wiederhaben wollen, könnten Sie mir helfen, zwei Quälgeister loszuwerden, die ihr nachstellen. Zwei alte Männer. Sie machen ihr das Leben zur Hölle, und sie, nur sie sind es, vor denen sie auf der Flucht ist.«

»Wie kann ich ihr helfen?«

»Afrika«, erwiderte Jean-Pierre. »Die beiden sind früher schon in Afrika gewesen, und nach Afrika sollten sie zurückkehren.« Jean-Pierre hatte ihnen beiden Wein eingeschenkt, und jetzt holte er hinter der Werkbank einen zweiten Stuhl hervor. Zwei Stunden saßen sie so da und unterhielten sich. Dann sagte Jean-Pierre: »Karl Jacobs, Sie sind ein wahrer Freund.«

»Ja, ich glaube schon, Jean-Pierre Roget. Ich glaube, daß ich das Talent dazu habe, ein wahrer Freund zu sein.«

Als Jean-Pierre das Foyer des Hotels am Queen's Gate betrat, in dem Hildegard abgestiegen war, war niemand da außer einem jungen, studentisch aussehenden Mann, der in einem Sessel saß und den *Evening Standard* las, und einer blonden Frau in einem schwarzweißen Kostüm, die an der Rezeption stand. Es war fast halb zehn. Jean-Pierre ging zur Rezeption, um sich nach Hildegard zu erkundigen. Die Frau hatte ihre Rechnung beglichen, faltete sie zusammen und steckte sie in ihre Handtasche. Sie bewegte sich auf die Tür zu.

»Hildegard!« Er war so erstaunt, sie mit ihrem brandneuen Haarschopf zu sehen, daß er nicht recht wußte, was er sagen sollte. Er sagte: »Willst du mich heiraten?«

»Warum sollte ich?« fragte sie, weil sie auch nicht so recht wußte, was sie sagen sollte.

»Dr. Hertz, dein auf dem Weg der Besserung befindlicher Witwer, möchte dich heiraten.«

»Da muß ich erst meine Sprechstundenhilfe Dominique fragen. Sie war schon zweimal verheiratet. Was führt dich hierher?«

»Du«, antwortete er.

»Wir fliegen auf der Stelle zurück. Jetzt bin ich die Verfolgerin. Ich habe die Adresse von zwei Leuten in Paris, die Lucan auf den Fersen sind. Sie haben ihn gesehen, immer wieder geht er ihnen durch die Lappen, aber gesehen haben sie ihn.«

17

Nachdem sich der hochgewachsene Walker in einem Pariser Kaufhaus eine zeitlich befristete Stelle als Weihnachtsmann verschafft hatte, konnte er für ein paar Wochen mit einem bescheidenen Auskommen rechnen. Der Job sagte ihm zu, und er glaubte, daß er sich dazu eignete.

Aber Walker war müde. Die möblierte Wohnung bestand aus zwei Zimmern, Küche und Bad. Normalerweise nahm Lucky das Schlafzimmer in Beschlag, während Walker auf einer Bettcouch im Wohnzimmer schlief. Die gesamte Wohnung war von jemandem eingerichtet worden, der von Streifen besessen war – blasse Streifen auf den Tapeten, grellere auf den Polstern. Die Badezimmerkacheln formten rote Streifen, die von kleinen Trauben, Kirschen und Rosenknospen unterbrochen wurden. Die Handtücher waren gestreift. Die Streifen im Wohnzimmer waren grün und weiß. Der Teppichboden, dem man noch sein ursprüngliches Gelbgrün ansah, hatte längst einen verfilzten und fleckigen alten Braunton angenommen. Einer der Wasserhähne im Badezimmer tropfte ununterbrochen, aber Walker war nicht danach zumute, deswegen die Concierge zu bemühen; da war immer noch das Problem der überfälligen Miete, auf der ihr Mann mit Nachdruck bestand.

Unterdessen übte Walker vor einem Spiegel über dem Kaminsims müßig seine Rolle; es kam ihm vor, als habe er sich die meiste Zeit seines Lebens in Positur gesetzt. In Mexiko war er der tadellose englische Butler gewesen, in Zentralafrika und in Paris hatte er jahrelang die Rolle des Lucky Lucan gespielt, und nun war er Weihnachtsmann im Bon Marché.

Ein Schlüssel drehte sich im Schlüsselloch der Wohnungstür. Lucky Lucan trat ein, die Haare geschniegelt. In der Hand hielt er eine weiße Tragetüte, aus der er eine Flasche Whisky hervorholte. Mit einem Knall setzte er sie auf einen Beistelltisch.

»Wo haben Sie denn gesteckt?«

Als Lucan mit zwei Gläsern und einem Eiskübel aus der Küche kam, sagte er: »Wo ich gesteckt habe und was ich mit meinem Geld angestellt habe? Genausogut hätte ich mit meiner Frau zusammenbleiben können. Nun, ich hatte eine Pechsträhne.«

»Ich weiß, daß wir völlig abgebrannt sind.«

»Nein«, entgegnete Lucan, »ich komme eben von Rogets Trödelladen. Hätte nicht gedacht, daß er mich einläßt, aber wissen Sie was, er tat es bereitwillig. Ich hatte ein langes Gespräch mit ihm. Jetzt kann's losgehen, wir müssen zurück nach Afrika!«

»O Gott! Unmöglich!«

»Es läßt sich nicht ändern. Es ist unabwendbar. Es geht darum, daß einer dieser Stammeshäuptlinge einen englischen Hauslehrer für seine Kinder haben möchte. Zwei englische Hauslehrer wären sogar noch besser. Äußerste Diskretion, was uns angeht. Sein Enkel ist ein gewisser Dr.

Karl Jacobs – hier ist seine Visitenkarte –, er lebt in Paris. Es gibt drei Söhne. Keine Fragen mehr. Er möchte, daß sie wie englische Lords aufwachsen. Dafür bin ich genau der Richtige.«

»Trauen Sie Jacobs denn über den Weg?«

»Eigentlich nicht. Ich habe ihn nicht kennengelernt. Aber wir haben nicht viel zu verlieren. Es bleibt uns keine andere Wahl.«

»Und Roget?«

»Dem traue ich nicht. Außerdem ist er ein Schwein. Er macht uns zur Bedingung, daß wir diese Stelle in Afrika annehmen. Zur Bedingung! Andernfalls will er uns enttarnen.«

»Aber Hildegard...?«

»Er sagte mir, Hildegard sei gefeit. Sie habe die Mittel, sich zu verteidigen, wir nicht. Vielleicht stimmt das ja sogar. Roget hat versucht, mir in einem Taxi hierher zu folgen. Der Gute! Es ist ihm nicht gelungen.«

»Wieviel haben Sie in Schottland erhalten?«

»Kümmern Sie sich um Ihre eigenen Angelegenheiten.«

»Haben Sie keine anderen alten Freunde oder Freundinnen?«

»Viele. Eine von ihnen hat eine Tochter, die an mich herankommen will. Sie möchte ein Interview. Schreibt ein Buch. Sie zieht mit einem alten Spielkumpan von mir umher, Joe Murray. Ihre Mutter war Maria Twickenham. Sie haben sogar dasselbe Flugzeug nach Paris genommen wie ich. Es hing an einem Faden. Halb haben sie mich erkannt, halb doch wieder nicht, und dann war es zu spät, Sie wissen ja, wie das ist.«

»Ich kann mich jederzeit wieder als Butler verdingen, Lucky. Afrika, da mache ich nicht mehr mit.«

»O doch. Ich kann Ihnen Unannehmlichkeiten bereiten, das wissen Sie genau.«

»Versuchen Sie's nur.«

Walker ging durch den Kopf, daß sich dieses Gespräch nun schon seit Jahren wiederholte; Jahr für Jahr dasselbe. Er würde nach Afrika gehen, weil Lucky Lucan es wollte.

»Ich hoffe«, sagte er, »es ist eine angenehme Stellung.«

»Sehr angenehm. Alle Annehmlichkeiten«, erwiderte Lucan.

»In welcher Gegend denn?«

»Es ist ein kleiner, unabhängiger Stammesstaat nördlich des Kongo namens Kanzia.«

»Ich habe davon gehört. Eine kleine Diamantenlagerstätte, mit außerordentlich großen Diamanten«, sagte Walker.

»Genau. Und Kupfer. Es geht ihnen gut. Die meisten Dinge werden importiert, darunter auch die Ausrüstung für ihre nicht unbeträchtliche Armee.«

»Zu heiß«, sagte Walker.

»Die Residenz des Häuptlings ist vollklimatisiert.«

»Des Häuptlings?«

»Er heißt Kanzia wie das Land. Er nennt sich oberster Stammeshäuptling. Er hat einen Whirlpool«, sagte Lucan.

»Ich könnte beschwören«, sagte Lacey, »daß ich ihn sogar als Weihnachtsmann verkleidet in einem Kaufhaus gesehen habe. Irgend etwas an seiner Gestalt und Körpergröße, im Ernst!«

Die Bemerkung gab zu einem weiteren Lachanfall in der Runde Anlaß. Versammelt waren Lacey, Joe, Jean-Pierre, Hildegard, Dominique, Paul und Dick, die mit Hilfe Olivias alle zusammen in Hildegards Wohnung dinierten. Es war ein bemerkenswert fröhlicher Abend. Lacey, die wegen der Schulferien ihrer Kinder wieder nach Hause mußte, hatte beschlossen, ihre Suche aufzugeben. Belustigt schilderte sie die vielen Male, als sie Lucan um Haaresbreite verpaßt hatten, und die anderen Gelegenheiten, bei denen Joe entweder zu langsam gewesen war oder sich völlig geirrt hatte.

»Im Flugzeug haben wir ihn wirklich gesehen. In Longchamp fast mit Sicherheit. Aber dann sah Joe ihn bei einem Vortrag im British Council. Also, wenn es einen Ort auf Erden gibt, wo Lucan nie hingehen würde, dann zu einem Vortrag im British Council. Ein Vortrag über Ford Madox Ford.«

»Und danach trat er als Weihnachtsmann auf, sagen Sie...?« fragte Hildegard.

»Das schlägt dem Faß den Boden aus«, rief Joe.

»Nun, wir haben eine schöne Zeit gehabt, Joe und ich«, sagte Lacey. »Schade, daß wir ihn nach all den Anstrengungen nie aufgespürt haben.«

»Ein Interview hätte er Ihnen niemals gewährt.«

»Meinen Sie? Nicht einmal einem alten Freund wie Joe und der Tochter von Maria Twickenham?«

»Ich weiß nicht«, sagte Hildegard. Sie hatte ihnen noch nicht von Lucans Double erzählt. Das hätten sie nicht verkraftet, bei all den Glücksseufzern, die sie ausstießen. Für ihre Liebesbeziehung war selbst ihre Großfahndung so nebensächlich gewesen, daß sie ihn wieder und wieder hatten entschlüpfen lassen und ihren Spaß daran hatten.

»Ich schätze, er wird wieder nach Afrika gehen«, meinte Jean-Pierre. »Dort fühlt er sich am sichersten, denke ich.«

»Ja, bestimmt«, sagte Hildegard.

»Eigentlich freue ich mich wieder auf ein normales Leben«, sagte Lacey.

»Ich mich auch«, sagte Hildegard. »Nächste Woche eröffne ich meine Praxis wieder.«

18

Kanzia war ein dichtbewaldetes Territorium von rund dreißig Quadratkilometern Größe, darin sich auf einem etwa fünf Quadratkilometer großen Felsplateau eine Lichtung befand. Im Norden wurde es von einem breiten, schilfreichen Morast begrenzt, im Osten von einem Fluß, im Süden von einem See und im Westen vom Feinde. Dieser feindselige Nachbar hielt die nicht unbeträchtlichen Streitkräfte Kanzias ständig auf Trab und erwies sich im allgemeinen als recht nützlich, wenn der Häuptling, der alte Delihu Kanzia, einen Streit vom Zaun brechen wollte, um das Verlangen seines Volkes nach so unverdaulichen Ideen wie Demokratie abzulenken. Wie Karl Jacobs, der Enkel des Häuptlings, Jean-Pierre erzählt hatte, war der winzige Staat berühmt dafür, im Laufe der Jahre eine ungewöhnliche Anzahl außerordentlich großer Diamantbrocken geschürft zu haben, deren Vorkommen immer noch nicht zur Neige zu gehen drohte.

Der Häuptling war überaus froh, als sein Enkel Karl ihm per Fax aus Paris mitteilte, zur Unterrichtung seiner drei Söhne im Alter von dreizehn, fünfzehn und achtzehn Jahren zwei englische Earls engagiert zu haben. Er hatte weitere kleine Kinder, die indes erst einmal von der renommierten Dorfschule von Kanzia profitieren konnten.

Während der letzten Etappe ihrer Reise wurden Lucky und Walker jeder auf einer Art Hängematte getragen, die an vier Pfosten festgeschlungen war. Den Jeep hatten sie am Rande des Urwalds zurückgelassen; der Rest des Weges war ein Fußpfad.

»Fliegen, schon wieder Fliegen«, sagte Lucan. »Leute, die Afrika nicht kennen, wissen nicht, daß die Luft von Fliegen nur so wimmelt. Niemand schreibt etwas über die Fliegen. Fliegen, Moskitos, fliegende Ameisen, es nimmt einfach kein Ende.« Er wedelte mit einer Fliegenklatsche, die einer seiner Träger ihm gereicht hatte. Sie kamen an einer Frau vorbei, die ein Kind auf dem Rücken trug – seine Augen und sein Mund waren schwarz von krabbelnden Fliegen. Gegen Fliegen war in Afrika kein Kraut gewachsen.

Lucans vier Männer schwitzten unter ihrer Last. Die ganze Strecke über schwadronierten sie laut miteinander und riefen über die Schultern weg auch Walkers Trägern etwas zu.

Der Häuptling wartete schon ungeduldig auf ihre Ankunft. »Was haben zwei englische Earls in dieser Gegend verloren? Haben sie Straftaten begangen?« hatte der schlaue Bursche einen seiner Diener gefragt.

»Einer von ihnen hat eine Nanny erschlagen.«

»Was ist eine Nanny?«

»Ich glaube, es ist eine Art Feind.«

»Dann ist er also ein mutiger Mann?«

»Es sind Christen. Vielleicht bringen sie uns eine Heilige Schrift und eine Kette mit Holzperlen. Schenkt diesen Gaben keine Beachtung.«

»Ah, die Christen huldigen dem Lamm, anders als die Hindus, die der Kuh huldigen. Sie waschen sich im Blut des Lammes.«

»Davon weiß ich nichts. Ich hätte gedacht, zum Waschen wäre das ziemlich klebrig.«

»Sie behaupten, es macht sie weiß, das Blut des Lammes.«

»Sie sind unerforschlich, diese Leute, aber Karl sagt, es seien Adlige.«

Delihu hatte seine kräftigsten Träger mit ihren Sänften ausgeschickt und vor der Vordertreppe zu seiner geräumigen Residenz einen langen roten Teppich ausrollen lassen.

19

Hildegards Praxis florierte in den Monaten darauf. Sie entledigte sich der meisten Patienten, die sie zurückgelassen hatte, als sie nach London gefahren war, denn sie glaubte nicht an Langzeittherapie. Neue Patienten waren im Überfluß vorhanden; sie schien eine heilende Hand zu haben. Inzwischen hatte sie sich auch wieder ihrem häuslichen Leben mit Jean-Pierre zugewandt, unbeschwert und unverheiratet wie eh und je.

An einem kalten Vorfrühlingstag im folgenden Jahr rief Dominique Hildegard vom Vorzimmer aus an; dies war ein ungewöhnlicher Vorgang.

»Dr. Karl Jacobs ist hier, er möchte Sie persönlich sprechen.«

»Schön. Sagen Sie ihm, er soll warten.«

Als er an die Reihe kam, begrüßte sie ihn herzlich. »Wir stehen in Ihrer Schuld, Dr. Jacobs. Es lebt sich wunderbar in Paris, ohne die Bedrohung durch die Lucans. Ich hoffe...«

»Ich bringe Ihnen Neuigkeiten.«

»Über die beiden?«

Karl Jacobs begann mit seiner Geschichte: »Wissen Sie, mein Großvater glaubte, beide seien englische Earls. Gleichviel, hätte ja sein können. Die drei Söhne gediehen prächtig unter ihrer Obhut. Sie lernten, mit ihren Pferden über Zäune zu setzen, sie lernten, beim Poker zu schummeln, und so weiter, in der besten Tradition eines Gentleman. Die einzigen Schwierigkeiten entstanden zwischen den beiden Lords. Lord Lucan hörte Stimmen, und auch Lord Walker wurde von unerklärlichen Ängsten gepackt, die, wie ich Ihnen versichern kann, Weiße in Zentralafrika häufig überkommen.

Mein Großvater Delihu war überzeugt, Walker sei verhext – in diesem Land keine Seltenheit. Walker beschwerte sich, daß die Sonne zu schnell untergehe, und die langen Sternennächte ließen seine Seele frösteln. Lucan wollte Walker vergiften; seine Stimmen legten es ihm nahe. Doch Häuptling Delihu Kanzia erhob Einspruch. Sehen Sie, Frau Dr. Wolf, wenn Sie einen Menschen vergiften, können Sie ihn nicht verspeisen. Mein Großvater ließ sich die Sache durch den Kopf gehen, und unsere liebenswürdigen Urheber medizinischer Wunder informierten ihn, daß die Jungen davon profitieren würden, einen Earl zu verzehren; wenn sie Walker vertilgten, würde jeder von ihnen im Endeffekt ein Earl Walker werden. Was nur logisch ist, nicht wahr?«

»Ja«, antwortete Hildegard. »Sehr logisch. Bis zu einem gewissen Grade ist man, was man ißt, ganz zu schweigen davon, was man sieht, hört und riecht. Das einzige Problem besteht, wie Sie wissen, darin, daß Walker kein Earl ist. Der Earl ist Lucan.«

»Macht nichts«, sagte Jacobs, »denn es unterlief ihnen ein Irrtum. Eines Abends wurden zwei starke Männer ausgesandt, um Walker aufzulauern, als er von einem Spaziergang zum Häuptlingspalast zurückkehrte, wo er eine schöne Suite bewohnte – mein Großvater stand ihm sehr wohlwollend gegenüber. Die Männer erschlugen ihn, dabei war es gar nicht Walker, sondern Lucan. Was für eine Menge Blut, sagte mein Großvater... Im Grunde genommen waren die beiden Lords identisch, nur daß Lucan der bessere Lehrer war. Außer seiner Furcht vor den Sternen hatte Walker nicht viel zu bieten.«

»Dann ist Lucan also tot und begraben?«

»Lucan ist tot, nicht begraben. Er wurde geröstet und von den männlichen Nachkommen Delihus verzehrt. Nach dem Festessen ging es einigen gar nicht gut, aber jetzt sind sie alle kleine Lord Lucans.«

»Und Walker?«

»Mein Großvater fand es bemerkenswert, daß die unsichtbaren Schicksalsgeister Walker verschont hatten. Er ist jetzt in Mexiko. Mein gütiger Großvater hat ihm den Flug bezahlt. Ich selbst bin nach Kanzia gereist, um ihn zum Flughafen zu eskortieren. Die Stammesangehörigen machten sich überhaupt nichts aus ihm. Sie zogen Lucan vor. So entkam Walker. Ich half ihm sogar dabei, seine Siebensachen zu packen, und schenkte ihm ein paar von den Dollars meines Großvaters, um ihm auszuhelfen.«

»Nett von Ihnen, daß Sie gekommen sind, um mir das alles zu erzählen, Dr. Jacobs.«

»Ach, ich mag Sie doch so gerne, Frau Dr. Wolf. Sie haben mir soviel Mut gemacht, hier in Paris zu arbeiten. Aber der eigentliche Grund meines Kommens ist die Übermittlung einer Botschaft, die Walker mir mit der Anweisung gab, sie per E-Mail an den deutschen und den französischen Konsul im Tschad zu schicken.«

Er reichte Hildegard einen von Hand beschriebenen Bogen blauen Schreibpapiers von Basildon Bond. Darauf stand geschrieben:

Pappenheim, Beate, die in München von 1978 an mit falschen Stigmata Geld gemacht hat, ist heute unter dem Decknamen Dr. Hildegard Wolf als erfolgreiche Psychiaterin in Paris tätig. Ihre luxuriöse Praxis befindet sich am Boulevard Saint-Germain.

»Und Sie haben ihm versprochen, das weiterzugeben?« fragte Hildegard.

»Natürlich. Aber getan habe ich es natürlich nicht. Die Konsuln hätten ihn ohnehin für verrückt gehalten.«

Hildegard sagte: »Ich weiß Ihre Freundlichkeit zu schätzen«, und das war nicht zuviel gesagt.

»Zerreißen Sie den Zettel«, sagte Karl K. Jacobs.

Genau das tat sie. Sie sah sich in der Praxis um. Sie sah reinlicher aus als gewöhnlich.